[日] 阿部恭子 著

朱悦玮 译

无处可逃的家

かぞくかんさつじん

湖南文艺出版社
博集天卷

· 长沙 ·

"KAZOKUKAN SATSUJIN" by KYOKO ABE
Copyright © 2021 Kyoko Abe
All Rights Reserved.
Original Japanese edition published by Gentosha Inc.
Chinese (in simplified character only) translation rights in PRC reserved by South Booky Culture Media Co., Ltd.,
under the license arranged with Gentosha Inc. through East West Culture & Media Co., Ltd., Tokyo, Japan.

© 中南博集天卷文化传媒有限公司。本书版权受法律保护。未经权利人许可，任何人不得以任何方式使用本书包括正文、插图、封面、版式等任何部分内容，违者将受到法律制裁。

著作权合同登记号：字 18-2025-008

图书在版编目（CIP）数据

无处可逃的家 /（日）阿部恭子著；朱悦玮译 . 长沙：湖南文艺出版社，2025.4. -- ISBN 978-7-5726-2271-7

I. I313.55

中国国家版本馆 CIP 数据核字第 2025B6E520 号

上架建议：社会纪实

WUCHU KE TAO DE JIA
无处可逃的家

著　　者：	[日] 阿部恭子
译　　者：	朱悦玮
出 版 人：	陈新文
责任编辑：	夏必玄
监　　制：	邢越超
特约策划：	李齐章
特约编辑：	刘　静
版权支持：	金　哲
营销支持：	周　茜
封面设计：	利　锐
版式设计：	梁秋晨
内文排版：	百朗文化
出　　版：	湖南文艺出版社
	（长沙市雨花区东二环一段 508 号　邮编：410014）
网　　址：	www.hnwy.net
印　　刷：	三河市中晟雅豪印务有限公司
经　　销：	新华书店
开　　本：	775 mm × 1120 mm　1/32
字　　数：	129 千字
印　　张：	8
版　　次：	2025 年 4 月第 1 版
印　　次：	2025 年 4 月第 1 次印刷
书　　号：	ISBN 978-7-5726-2271-7
定　　价：	49.80 元

若有质量问题，请致电质量监督电话：010-59096394
团购电话：010-59320018

前言

许多人都经历过与家人产生矛盾的情况。由于伴侣的语言暴力或父母的过度控制，可能会产生"总有一天……"的冲动；因为对无法自理的孩子的未来感到悲观，甚至考虑带着孩子一起走向极端……在心理咨询的场合，像这样对家人流露出极端情绪的情况并不少见。

日本发生的杀人案件有一半左右发生在家族内部。

我从二〇〇八年开始为加害者（犯罪人员，与受害者对应）家属提供心理支持，作为日本支援团体的一员，主要为杀人案件的加害者家属提供支援。在我参与支援的大约三百件杀人案件中，有一百二十件发生在家族内部，但其中的实情鲜为人知。与家族外的杀人案件相比，家族内部的杀人案件报道周期更短，新闻媒体也不会对包括案件原因在内的问题进行深入挖掘。

像无差别杀伤事件那样导致不特定多数人死伤的案

件，会让许多人感到恐惧和不安，人们都想知道为什么会发生这样的惨剧。为了给公众一个答案，新闻媒体需要从多角度进行现场调查和报道。而对于发生在家族内部的杀人案，则常常被简化为家族内部矛盾。

从为加害者家族提供支援的角度来看，发生在家族内部的杀人案件不仅会影响加害者和受害者本身，还可能波及更多的家庭成员。因此，这一问题需要得到充分的考虑。

本书中介绍的案件中的加害者们，我一直与他们保持联系。即使他们刑满释放，我仍然为他们提供支援。其中有些人被称为"凶犯"，但他们并没有伤害过除家人之外的任何人，也完全不会让人感到恐惧。当然，考虑到案件的严重性，他们曾经暴露出残忍的一面也是不容否认的事实。

与外人相比，家人之间的界限没有那么清晰。在面对家人时，人们往往难以控制自己的情感，说出过分的话后又感到后悔。或许大家也有过这样的经历吧。

此外，与外人之间的人际关系出现问题时，可以找他人倾诉或咨询；但与家人之间的人际关系出现问题时，许多人因为害怕家丑外扬，往往选择独自忍耐。

日本人非常重视面子问题，因此越是存在问题的家庭，越会在外人面前表现得幸福美满。

家原本应该是最安全的地方，却成为失去生命的场所。最让人防不胜防的，莫过于发生在家人之间的谋杀案。

本应相亲相爱的一家人之间究竟发生了怎样的变故，才会导致如此悲惨的结局？如果能够了解其中的原因，是否就能阻止悲剧的发生？正是基于这样的考量，我决定撰写本书。

本书中介绍的案件都是我参与协助的，并且已征得相关人员的同意。为了避免泄露隐私，书中人物的名字均为化名，事件也在不影响整体情节的前提下做了一些修改。

对发生家族内杀人案的家庭来说，他们既是加害者的家属，也是受害者的遗属。在这些家族中究竟发生了什么，让我们一同见证。

目录

- 前言 / 1

千叶县四年级小学生被虐致死案

- 深爱着心爱的家人 / 002
- 被案件打破的日常 / 004
- 加害者家族的孩子们是第二受害者 / 007
- 真假难辨的互联网信息 / 009
- 过度依赖父母的夫妻 / 011
- 与心爱在一起的生活 / 013
- 作为受害者遗属的悔恨、作为加害者家属的责任 / 016
- 在法庭上公开的残忍虐待 / 019
- 没想到竟然做出如此残忍的行为…… / 023
- 被告妻子的证词 / 026
- 无法依赖的大人们 / 030
- 心爱的战斗 / 033
- 被告坚持否认虐待的理由 / 035

在庭审中没有被深入挖掘的犯罪动机 / 039

失落一代的怨念 / 044

双方父母的对立 / 047

与妻子的相互依赖 / 049

与父母之间的经济差距导致的加害行为 / 052

加害者们的结局 / 056

难以发现的加害行为 / 059

为了避免惨剧再次发生应该做的事 / 062

岩手县孕妇被杀抛尸案

坚信凶手无辜的家人 / 068

即便如此我的儿子也没有犯罪 / 071

隐藏在夫妻关系背后的秘密 / 075

大小姐与用人 / 079

因为疾病而失去容身之地 / 082

伪装夫妻关系的理由 / 085

被连虫子都不敢打死的男人绞杀 / 087

为了孩子化身恶鬼 / 091

想到家人才恢复理智 / 093

家人得知的真相 / 095

"有车和家庭才是男人"的价值观 / 100

宫崎家族三人被害案

- 受到当地保护的加害者家族 / 104
- 人们的支持是生存下来的动力 / 106
- 对错误教育方式的悔恨 / 109
- 对加害者的支援 / 111
- 导致儿子走上犯罪道路的原因 / 114
- 逃避丈母娘的家庭暴力 / 117
- 死刑是正确的选择吗？ / 119

被洗脑的家族

- 第三者介入导致家族成员关系破裂 / 126
- 被撕裂的家族 / 129
- 暴力的开始 / 134
- 受害者与加害者的不同道路 / 137
- 家族全员都是嫌疑人 / 139
- 家族的弱点 / 141

婴儿遗弃案的背后

- 教养良好的女儿为什么会做出这种事 / 146
- 害怕被父母发现 / 150
- 家庭中的性教育 / 153

七十六岁前高官刺死儿子引发的思考

- 父母应该杀掉危害社会的子女吗? / 156
- 对成为加害者家属的恐惧 / 160

残留下来的家族的人生

- 哥哥杀害了父亲 / 164
- 哥哥的死亡与母亲的护理 / 166
- 支援的极限 / 168
- 如何防止社会的孤立 / 171

兄弟间杀人

- 长子杀害次子 / 174
- 与大哥疏远的关系 / 176
- 孤独的青春期 / 179
- 来自哥哥的警告 / 182
- 事件另有真相 / 185
- 逃离哥哥后开始的崭新人生 / 188
- 被赶出东京 / 192
- 名为教育的光 / 195
- 与少年A的相遇 / 198
- 儿子的自杀 / 201
- 被家族夺走的人生 / 204
- 名为金钱的麻醉剂 / 206

家人为什么自相残杀

- 近亲憎恶与正常化偏见 / 210
- 看不见的孤立 / 212
- 孩子犯罪意味着社会性死亡 / 214

05

家族与社会的责任

- 过度强调"家族责任论"的日本 / 218
- 社会扭曲价值观的影响 / 220
- 男尊女卑的弊端 / 222
- 加害者家族的孩子的未来 / 225

防止家族间杀人

- 抗风险能力低的家族的脆弱性 / 230
- 家族的多样性是预防案件发生的关键 / 232
- 重新构筑联系 / 234
- 为什么要对案件进行查证 / 237

- 后记 / 239
- 作者简介 / 243

无处可逃的家

第一章

千叶县四年级小学生被虐致死案

深爱着心爱的家人

栗原心爱同学　收

到三月的期末典礼时,你应该会写汉字了,理科和社会也取得了好成绩吧。

升上五年级之后也要继续努力哟。

我想看到未来的你。请一定不要放弃。

　　　　　　　　　　　四年一班　栗原心爱　敬呈

这是心爱去世三个月前在学校写的"给自己的信",也是心爱的祖母珍藏的遗物之一。

"好想看到成为五年级学生的你啊……"

祖母栗原良子(化名,六十岁)话没说完就泣不成声。

二〇一九年一月二十四日，当时只有小学四年级的栗原心爱在千叶县野田市的家中去世。死因是父亲的暴力虐待。

两年之后的二〇二一年一月二十四日，野田市又下起了雪。

"是心爱！心爱回来了！"

孩子们看着漫天飞舞的鹅毛大雪大声地呼唤着。

心爱葬礼的那一天，也下了这样的大雪，就仿佛在迎接她一样。

"我从没见过下雪，好想去看雪啊。"

"那我们明年去北海道看雪吧！"

"太好了，一言为定哟。"

可惜再也无法遵守这个约定了。

"今年也和孙子们一起给心爱庆祝了生日。"

栗原家不管是圣诞节还是儿童节，都一直和心爱一起庆祝。

"我现在还感觉那孩子会回来……"

被案件打破的日常

"今后的生活要怎么办啊……"

二〇一九年二月初,"加害者家族支援热线"接到的一通电话引发了社会的广泛关注。打电话的是千叶县野田市小学四年级学生被虐致死案的加害者家属。

"我是心爱的姑姑,栗原勇一郎的妹妹。"

求助人伊藤真由(化名,三十岁)因连日围堵在家门前的新闻媒体而焦头烂额。

"昨天,我的父母被三辆杂志社的采访车追赶,迫不得已跑进了警察局。结果却被告知,身为重大案件犯罪嫌疑人的家属,他们得不到保护……"

虽然新闻媒体的报道自由很重要,但一拥而上对加害者家属进行突击采访,这种行为会让普通人感到不知所措,本能地选择逃避。

"我想着有没有能够给我们提供帮助的地方,就在网络上搜索了一下。"

能够在案件发生后第一时间找到我们，对真由女士来说或许也是一种幸运。

父母居住的房子被新闻媒体人员围得水泄不通，门铃声不绝于耳。

"我们也不是很清楚……"

当母亲战战兢兢地做出这样的回答时，就会遭到记者们严厉的追问。

"你们不是住在一起吗？怎么会不清楚呢？"

加害者的家属很容易遭到指责，但实际上，发生这样的恶性案件对他们来说也如同晴天霹雳。在绝大多数情况下，加害者的家属对案件一无所知，他们也希望有人能向他们解释为什么会发生这样的事情。

自案件发生以来，勇一郎的家人一直无法与他见面，对事情的真相一无所知，并且整日躲避新闻媒体的追踪。他们甚至在去医院看病和购买生活必需品时都受到了严重的影响，最终不得不搬家逃离。原本平稳的生活瞬间变得犹如地狱。

虽然没有人当面指责过他们，但考虑到这场骚动给周围邻居带来的困扰，真由女士每次出门时都感到难以抬头，心情非常压抑和痛苦。

但真由女士也有自己的家庭，即使是为了孩子们，她也要继续维持现在的生活，不能真的把自己关在家里。

这样的结局，实在是让人感到无能为力。

加害者家族的孩子们是第二受害者

"我的孩子们经常和心爱一起洗澡,在一个床上睡觉。"

真由的孩子们都把心爱当成自己的亲姐妹。

"妈妈从来没有抱过我……"

心爱曾经带着非常落寞的表情这样说道。每当真由将心爱抱在怀里时,心爱总是会露出开心的微笑。

"直到现在,我仍然记得将她抱在怀里的感觉。没能保护好她,是我这一生中最后悔的事……"

真由也因为失去心爱而备受折磨。

"心爱什么时候还来我们家玩啊?"

年幼的儿子还不能理解"死亡"的含义,他无意间的一句话再次让真由的内心感到痛苦。

"心爱到天上去了,不会回来了……"

即便已经将心爱去世的事实告诉了孩子们,但孩子们之间关于心爱的话题仍然会不时被提起。

"我也感觉心爱还活着,就好像她还会来我们家玩一样……"

真由的孩子们也很想念勇一郎伯父。不知道为什么伯父许久都没有露面。

"我觉得,这些孩子在某种意义上也是案件的受害者。发生了这么大的事,他们迟早会知道真相的。到那时,他们会受到多大的刺激呢?仅仅是想一想我就感到害怕……"

孩子们与心爱之间有许多美好的回忆。他们或许一生都不会忘记心爱。不知道这起恶性案件是否会对孩子们将来的婚姻和工作产生影响,真由的心中充满了不安。

加害者家族的孩子们,被称为"第二受害者"也不为过。只是因为他们属于"加害者家族",所以往往容易被忽视。

据说在心爱生前就读的小学里,也有对她抱有好感的男同学。毫无疑问,受案件影响的不仅仅是加害者和受害者的遗属,还有许多与心爱相识的孩子。

真假难辨的互联网信息

绝大多数新闻媒体在报道案件时,都会将心爱与勇一郎刻画成天使与恶魔的形象。

但在真由看来并非如此。

"对我们家人来说,他们两个都是普通人。当然,他们有优点也有缺点。但因为一个成了受害者,一个成了加害者,被新闻媒体报道是不可避免的。但每次看到媒体的报道内容,我都感觉他们仿佛变成了我不认识的陌生人。"

对心爱施暴的勇一郎,除了"父亲"这个角色,在家族中还有"兄长""儿子"等其他身份。甚至许多家暴的施暴者在公司等其他场所被认为是很优秀的人。

在互联网上,关于勇一郎一直恃强凌弱、欺压妹妹的报道吸引了许多人的关注。

"他从未欺负过我。我完全无法理解为什么会有这样的传言。虽然我们兄妹之间也吵过架,但那都是很正常的争吵。"

案件发生后,所有与加害者及其家人相关的信息都因案件的影响而呈现负面状态。

"现在不管大家怎么去责备哥哥,心爱也回不来了。"二○一八年三月,在东京都目黑区发生了船户结爱被虐待致死的案件,此后,少女被虐待致死的事件引起了社会的广泛关注。许多媒体称勇一郎为"鬼父"或"鬼畜"。

"竟然对这么可爱的孩子做出如此残忍的暴行!"

世人往往只会对受害者表示同情,并一味地指责加害者。然而,对既是受害者遗属又是加害者家属的真由和她的父母来说,这些无心的话只会让他们的心灵受到二次伤害。

过度依赖父母的夫妻

勇一郎在冲绳县的一家旅行公司工作,后来与当地的同事聪子(化名)交往,两人于二〇〇八年二月结婚。同年九月,长女心爱出生。但聪子患有双相情感障碍,生下心爱后精神状态一直不稳定,只能由聪子的父母来照顾心爱。因此,聪子带着心爱回到娘家生活,并于二〇一一年与勇一郎离婚。

心爱虽然是勇一郎的亲生女儿,但在心爱七岁之前父女二人几乎没见过面。

二〇一六年,聪子主动联系勇一郎,两人再次开始交往。第二年,他们复婚,并于同年六月迎来了他们的第二个女儿。然而,聪子患上产后抑郁症,不得不入院治疗。

"本来心爱就没有照顾好,竟然又生了第二个……"

祖母良子对儿子与聪子复婚并且生下二胎这件事感

到非常担心。

在冲绳县,勇一郎与聪子的父母因为孩子的养育问题产生了矛盾,加上聪子的病情也不见好转,于是勇一郎在二〇一七年八月带着两个孩子回到了位于野田市的老家。

"哥哥两口子将照顾孩子的责任全都丢给了父母。"

说起这件事,真由也有些无可奈何。

勇一郎在野田市找到一份工作,也租了一间房子。到了二〇一七年九月中旬,聪子从冲绳县搬了过来,一家四口开始在野田市的公寓里生活。

从二〇一七年十一月到二〇一八年三月的五个月,以及二〇一八年九月到十二月的三个月,真由与心爱一起共同生活了八个月。

因为勇一郎的父母一直没见过心爱,所以对于突然多出来的这个"孙女",一开始也有些不知所措。只有真由非常积极地照顾心爱。

二〇一七年九月,真由听到心爱对她说:"夜里爸爸让我罚站,还用脚踢我。"然而,当真由向勇一郎询问此事时,勇一郎回答说:"我没有让她罚站,也没有踢她。房间太小,不小心撞到了。"

与心爱在一起的生活

二〇一八年九月,心爱曾哭着给真由打电话。真由去接她时,发现心爱的脖子上满是污垢,仿佛很久没有洗过澡的样子。

真由不由得将心爱抱进怀里说道:"心爱对不起。"

在野田市的公寓里究竟发生了什么呢?

"爸爸和妈妈吵起来了……"

据说是在给小女儿喂饭时,聪子不耐烦地将勺子塞进孩子的嘴里,心爱和勇一郎出面制止,结果夫妻二人吵了起来。聪子完全不懂得如何照顾孩子,结果只能由心爱来照顾妹妹。

当心爱再次回到野田市的老家生活时,良子也注意到了心爱的变化。以前吃饭很慢的心爱,现在却变得狼吞虎咽。

真由询问心爱为什么会这样,结果得到了一个令人心碎的回答。

"妈妈两天都没有给我做饭了,我自己炒了鸡蛋。"

对心爱来说,她已经将真由当作自己的妈妈。就连学校邀请家长观摩公开课的时候,心爱也拜托真由出席。真由和良子都曾为心爱出席过家长会。

"因为你不是我真正的妈妈,所以我不能总是缠着你对吧?"

心爱总是这样询问真由,可见心爱的内心也非常纠结。

现在真由回忆起来,案件发生之前确实有一些征兆,但心爱也表现出与勇一郎关系很好的一面。

"她总是和我说'这地方我和爸爸来过''这是我和爸爸看过的电影'。"

此外,当不擅长运动的心爱在马拉松比赛中获得最后一名时,勇一郎安慰她说:"名次并不重要,能够坚持下来就已经很了不起了。"对此,心爱也很开心地表示认可。

"爸爸表扬我了。"

心爱在老家生活时从未缺席过一天的课程,并在班级中被选为学习委员,展现出开朗活泼的一面。然而,看到心爱在老家快乐地生活，勇一郎和聪子的心中却感到非常矛盾。

"勇一郎是那种不听别人劝告的人。虽然他在教育孩子方面有严格的一面，但我觉得他应该还是有分寸的。"

回忆起当时的情景时良子这样说道。

"我虽然也很关心心爱，但她毕竟是哥哥和嫂子的女儿。说实话，我也不知道自己到底应该干涉到什么程度。"

因为需要照顾自己年幼的孩子，真由无法将全部心思放在心爱身上。但每当想到自己未能保护好心爱时，她心中总会产生一种挥之不去的自责之情。

作为受害者遗属的悔恨、作为加害者家属的责任

二〇二〇年二月十八日，在千叶县柏市的会议室内，栗原心爱的祖母即栗原勇一郎的母亲良子出席了记者招待会。

这次招待会是我安排的。由于周末法院即将宣判，为了避免届时新闻媒体再次包围勇一郎家人的住处进行采访，我们决定通过这样的形式向媒体公布一些信息。

距离案件发生已经过去了一年，勇一郎的家人搬家后终于恢复了平静的生活。如果案件的热度再次升温，他们一家可能又不得不搬家。为了避免这种情况，我建议他们出席记者招待会。

良子和真由因为"加害者家属"的身份一直遭到社会舆论的谴责，但与此同时，她们也是受害者遗属。我希望通过这次记者招待会，能够将她们作为受害者遗属的一面展现给世人。

由于良子在法院判决时将同时作为检方和辩方的证人提供证词，因此在记者招待会上不能回答与判决相关的问题。

记者招待会当天，会议室里挤满了来自当地多家报纸和电视台的媒体记者，这一场景让我再次深刻地感受到这起案件的巨大影响力。

虽然即将宣判，但由于会见的禁令尚未解除，勇一郎的家人仍然无法与他见面。

当被问到儿子的性格时，良子答道："他的性格比较倔强，如果他认为地球是平的，就会坚持这一观点。"

虽然勇一郎小时候患有哮喘，但他性格开朗，拥有许多朋友。从小学开始，他就一直热爱打棒球。

谈到案件发生的征兆，良子回忆起在心爱去世前的二〇一八年年末，为了返回位于野田市的公寓生活，心爱曾经来良子家里取自己的行李。当心爱将行李放进箱包中时，勇一郎不耐烦地催促道："别磨磨蹭蹭的。"

"我记得当时我还埋怨勇一郎，让他不要对孩子那么严厉……"

心爱后来到底发生了什么事情？良子心中充满了疑问，想要问勇一郎许多问题。通过新闻媒体的报道，良子得知心爱遭遇了残忍的虐待,她不由得在心爱的灵位前双手合十,询问道:"真的是这样吗?"

心爱总是亲切地称呼良子为"奶奶",在良子过生日的时候,还送给她自己亲手制作的礼物和贺卡。

心爱曾经说过:"梦想成为一名甜点师。"圣诞节的时候,心爱因为和真由的孩子们一起制作圣诞节蛋糕而感到非常开心。

"本来还打算正月的时候和她一起做年糕……"

良子拿出了心爱去世前三个月在小学写的"给自己的信"。

"想看到未来的你""不要放弃",通过这些鼓励自己的话语,可以看出即便在如此残酷的环境中,心爱依然努力地生活着。

"把心爱还回来……"

良子在记者招待会的最后泣不成声地这样说道。

在法庭上公开的残忍虐待

二〇二〇年二月二十一日，千叶地方法院对被告栗原勇一郎的伤害致死案进行了第一次公开审判。申请旁听的人数超过四百人，可见这起案件在当地备受关注。

勇一郎在出庭时，依次向审判长、审判员、检察官和旁听席深深鞠躬，最后才来到自己的位置。然而，他这种看似彬彬有礼的行为，却让审判长、检察官，以及许多旁听的群众嗤之以鼻，认为他是在故意表现出礼貌的一面，实际上内心非常残忍。

为勇一郎进行心理鉴定的医生也指出："他的性格非常固执。"从他在法庭上的表现来看，他或许对礼仪也非常执着。

检方对被告的起诉事实共有六件。

站上被告席之后，勇一郎向审判长问道："在进行辩护之前，我有一些话想说，可以吗？"

得到审判长的允许后，勇一郎将手中的便笺纸展开。

"这是我的真心话。从案件发生到今天，我一直在反省自己的行为，我对女儿所做的已经超出了管教的范围……我对心爱感到非常抱歉。真的非常对不起。在案件发生后（接受审讯时），我一直表示自己在发自内心地反省。我向天地神明发誓，我从未说过'认为自己做得没错'这样的话。"

勇一郎声泪俱下地表示忏悔，但对于检方提出的"对心爱施加暴力"的罪行，他坚决否认。

后续的辩护过程如下。

第二条罪状：二〇一八年七月，被告在浴室内强迫受害者排便并用手拿着，然后用摄像机拍摄，这构成强迫罪。

"认罪。"

第三条罪状：在二〇一八年十二月三十日至二〇一九年一月三日期间，被告抓住心爱的双臂进行拖拽并将心爱提起，然后将其摔在地上，对心爱的面部和胸部进行压迫，导致受害者面部挫伤和胸骨骨折，需一个月才能痊愈，构成伤害罪。

"我确实抓住了她的双臂并将她提起，但并没有将她摔在地上,也没有对她施加暴力。她并没有受到严重的伤害。"

第四条罪状:二〇一九年一月一日,抓住妻子的胸口殴打其面部,将妻子推倒后骑在她身上,并踢打妻子的大腿,构成家庭暴力罪。

"我确实打了她一巴掌,并骑在她身上,但我没有抓她的胸口,也没有踢她的大腿。关于家庭暴力罪,我没有异议。"

第五条罪状:二〇一九年一月五日,不耐烦地抓着心爱的衣服,将她撵到走廊,并且嘴里说着"去浴室,快去",强迫心爱在浴室的更衣间罚站,构成强迫罪。

"认罪。"

最后是案件中最关键的伤害致死罪。二〇一九年一月二十二日晚至二十四日,心爱因饥饿和压力处于极度虚弱的状态,却仍未得到食物,还被罚站在浴室中。她只穿着内衣,被关在浴室里无法入睡。二〇一九年一月二十四日,她浑身湿透,只穿着内衣,仍被用冷水喷淋。心爱被迫趴在客厅地板上,有人坐在她背上,抓住她的双脚将她的身体反弓。晚上,在她想进入卧室时,又被抓回浴室,继续被勇一郎用冷水喷淋脸部。对心爱因饥饿和暴力而死亡的结果,勇一郎认罪,但否认自己是故意为之。

勇一郎用摄像机记录下了虐待的画面。这些视频在法庭上被公开播放。虽然坐在旁听席上看不到画面的内容,但能听到勇一郎训斥心爱,以及心爱大声哭喊的声音。

审判员们听到心爱凄惨的叫声都深受震撼,甚至不得不因此暂时休庭。

没想到竟然做出如此残忍的行为……

庭审当天,检方宣读了勇一郎父亲的证言。关于心爱,他是这样说的。

"心爱性格沉稳且温柔,非常关心周围的人。是我可爱的孙女。"

关于心爱的母亲,他这样说道。

"我通过儿子得知,她对心爱和二女儿一点也没有尽到作为母亲应尽的责任,所以我根本不认她这个儿媳妇,也从没让她进过家门。我从没和她说过话。"

关于勇一郎对心爱的虐待,他这样说道。

"我女儿发现心爱的身上有瘀痕,曾经对我说'即便是家人,也应该报警'。但我不愿相信自己的儿子会做出虐待孩子这样的行为,也不愿报警抓捕自己的儿子。我只是想着应该不会有什么问题,所以并没有报警。那时候要是及时报警就好了。"

关于勇一郎，他这样说道。

"心爱只有十岁，本应有无限的可能。我没能拯救她幼小的生命，追悔莫及。我完全没想到勇一郎竟会做出如此残忍的行为。我对不起心爱。虽然勇一郎是我的儿子，但他的行为不可原谅。如果可能的话，我希望与他断绝父子关系。无论是为了心爱的在天之灵，还是为了其他家人，勇一郎都应该坦白交代，接受应有的惩罚。"

初审之后，我在给被告的父亲打电话时，询问他："现在还想和勇一郎断绝父子关系吗？"

对方回答说："我当时在气头上，于是说了那样的话，但并不是真的那样想。我只是希望他能够认真地赎罪。"

勇一郎的父亲和真由都在监察厅看到了勇一郎拍摄的虐待视频，即便是作为勇一郎的家人，当时肯定也感到非常愤怒吧。

勇一郎只在最初陈述自己的意见时，眼眶才有些湿润，之后他一直直视前方，表情没有任何变化。

在第二次审判时，勇一郎的母亲良子和妹妹真由都作为检方证人提交了证词。

之前一直面无表情的勇一郎，在母亲和妹妹宣读证词时，身体颤抖着擦拭眼泪。对家人来说，他们已有一年多未见到勇一郎。勇一郎在被拘留期间表示，他很担心家人的情况。这次在法庭上看到家人身体健康，似乎终于松了一口气。

这次，家人出现在法庭上的身份是检方的证人，他们需要为勇一郎的犯罪事实提供证据，以促使对他进行严厉的惩罚。

"心爱是非常重要的孩子，不是哥哥和嫂子的玩具！"

真由无法抑制自己的情感，大声地谴责着。然而，对勇一郎来说，是否能够感受到"受害者遗属"的悲痛之情，从他的表情上完全无法看出。

被告妻子的证词

在第三次和第四次审判时,勇一郎的妻子聪子也来到法庭上提交了证词。虽然聪子已经向勇一郎提起了离婚诉讼,但当时两人尚未正式离婚。

聪子因为对心爱的伤害罪被提起公诉,千叶地方法院于二〇二〇年六月二十六日判处聪子有期徒刑两年六个月,缓刑五年。

在对聪子进行问询时,出于保护隐私的考虑,采用的是在其他房间远程问询的方式。在法庭上无法看到聪子本人,只能听到她的声音。

聪子是在冲绳县的一家公司工作时与勇一郎相识的。当时聪子二十岁,勇一郎二十九岁。最初,勇一郎给聪子留下了开朗、温柔的印象。然而不久后,因聪子的前男友问题,勇一郎与聪子产生了矛盾,甚至限制过聪子的人身自由。由于聪子的前男友也在同一家公司工作,勇一郎威胁对方辞职。最终，前男友不堪勇一郎的骚扰，只能选择离职。

勇一郎频繁地给聪子打电话和发短信。二〇〇八年，两人因聪子怀孕而结婚，但在三年后离婚。聪子在生下心爱后被诊断出患有"产后抑郁症"，于是带着心爱回到娘家生活。心爱的抚养权归聪子所有。

二〇一六年夏天，聪子主动联系勇一郎，第二年两人复婚。当时，聪子二十九岁，勇一郎三十八岁，心爱正在读小学二年级。

"在离婚之后，我一直忘不掉勇一郎，于是才主动联系了他。"

复婚后，两人和心爱先是在冲绳县的公寓内生活。此时虽然勇一郎依然限制聪子的人身自由，但并没有虐待心爱。同年，他们的第二个女儿出生。聪子再次因精神问题住院治疗，心爱则再次被聪子的父母接回去抚养。

后来，心爱在学校生病发烧，校方联系了勇一郎。于是，勇一郎将心爱从学校接走，带回了自己居住的公寓。之后，勇一郎又带着两个女儿从冲绳县回到了位于千叶县野田市的老家。

聪子出院后，由于父母反对她与勇一郎复婚，她在没有告知父母的情况下直接从冲绳县搬到野田市，与勇一郎一起生活。

再次见到心爱时，聪子询问她在野田市的生活，结果得到的回答是"像地狱一样"。据说勇一郎总是在夜里叫心爱起来罚站，还让她照顾妹妹。

心爱将这些事情告诉了和她住在一起的姑姑真由，真由也将情况告知了自己的父母，但勇一郎用"你们相信一个小孩子的话吗？"说服了他们，所以没有人及时对心爱伸出援手。

据说聪子在野田市的公寓里生活时，有时候晚上醒来，会看到心爱只穿着内衣跪坐在地板上。

二〇一七年十一月，心爱就读的山崎小学进行了一次关于霸凌的问卷调查。心爱在问卷中举报了父亲对自己的家庭暴力。

在那之后，心爱就被儿童保护机构暂时保护了起来。

勇一郎对学校和儿童保护机构的做法感到极为愤怒。在临时保护期结束后，他立即通过聪子要求心爱写一篇否认问卷调查内容的作文。于是，聪子在家中让心爱写下："我所说的被父亲殴打都是骗人的。"

勇一郎为了避免心爱再次被儿童保护机构带走，让妻子帮他监视周围的情况，并通过LINE①汇报结果。

勇一郎为了惩罚心爱，会让她罚站好几个小时，或者做蹲起。聪子也在心爱的身上看到过伤痕。她认为如果心爱身上的伤痕被学校发现，心爱就可能再次被儿童保护机构带走，于是给学校打电话请假，不让心爱去上学。

聪子的这些行为为勇一郎对心爱的虐待提供了帮助，但聪子表示她非常害怕勇一郎，不敢违背他的意志。

二〇一八年年末，心爱从爷爷奶奶家回到野田市的公寓生活，却遭到勇一郎变本加厉的虐待，连她的脸上都出现了伤痕。勇一郎原本计划二〇一九年年初全家一起外出旅行，但因为害怕心爱脸上的伤痕被别人看到，不得不取消行程。

在法庭上，检方播放了勇一郎与聪子一起训斥心爱的视频。

对于自己的行为，聪子这样解释："我不是对心爱发火，只是将对勇一郎的怨气发泄出来。"

---

① 社交软件。

无法依赖的大人们

在第五次和第六次公开审判时,心爱就读的山崎小学的班主任老师、儿童保护机构的工作人员,以及儿童心理师相继提供了证词。与心爱的母亲一样,这些成年人的证词也显得相当软弱无力。

三人在提供证词时,为了保护隐私,只能听到他们的声音。三人的声音听起来都较为年轻,证词的内容也给人留下了一种不太可靠的印象。

心爱为什么通过与霸凌相关的问卷调查举报自己的父亲呢?我一直对这个问题感到困惑。真由和良子都未能准确理解心爱的意图,误以为她不清楚问卷调查的含义。因此,心爱才会寻求班主任老师和校医的帮助吧?

然而,班主任老师的证词让我觉得她非常不可靠。在复杂环境中成长的孩子,往往具有敏锐的观察力。心爱可能正是考虑到,通过问卷调查这种公开渠道举报父亲的暴力行为，更容易获得成人的帮助。

负责对心爱进行心理疏导的儿童心理师在证词的最后哭喊道："我现在还能梦到心爱，我宁愿被杀的人是自己，也想保护她。"虽然这听起来确实令人同情，但作为专业人士，更应该冷静地分析问题，而不是在公共场合发泄情绪。"宁愿被杀的人是自己"这种表达方式实在非常不恰当。

勇一郎在与儿童保护机构的工作人员交流时进行了全程录音。尽管他多次向工作人员提出"如果有问题，请指出，我可以改正"，但对方始终未给予正面的回应，每次都以敷衍的回答搪塞过去。

勇一郎和他的父亲与儿童保护机构的关系非常紧张。如果儿童保护机构连这样的问题都处理不好，那么恐怕还会有更多虐待孩子的家长逍遥法外。

加害者毫无疑问是责任最大的一方，但从儿童保护机构的应对方法来看，他们也应该承担相应的责任。

为什么儿童保护机构会将心爱交给加害者一方的家属呢？勇一郎与家人之间的关系并不差，因此，勇一郎的家人肯定会为勇一郎的行为提供掩护。而心爱的爷爷奶奶也不知道应该让心爱在自己身边生活多久。即便如此，他们也没有想继续寻求儿童保护机构的帮助。可见，儿童保护机构在解决这个问题的方法上存在严重不足。

心爱的战斗

在第七次公开审判中，受害者心理和儿童虐待受害专家小西圣子教授提供了证言。

关于心爱通过问卷调查举报父亲家庭暴力一事，小西教授这样说道。

"对遭受虐待的孩子来说，这种情况是非常少见的。尤其是从小就持续遭受虐待的孩子，他们往往很难做出反抗。然而，心爱在遭到虐待后不久便拥有了质疑虐待行为的能力。"

法庭上播放了心爱对父亲出言不逊的录音。

"混蛋，赶紧滚去上班！混蛋，赶紧滚去上班！"

心爱用完全不符合她年龄和身份的语气辱骂着自己的父亲。她是在模仿母亲的语气说话。

因为心爱在真由和良子面前从未说过脏话，所以当她们在法庭上听到这段录音时，感到异常震惊。在心爱与父母共同生活的野田市的公寓内究竟发生了怎样的暴行，实在令人难以想象。

法庭上还播放了心爱反抗勇一郎与聪子训斥的视频。

很多人在提到心爱时，都称赞她是一个"好孩子"，但实际上，周围的人都没有意识到发生在心爱身上的问题。心爱孤身一人与虐待抗争着。

当审判员问到虐待孩子的加害者的心理时，小西圣子教授答道：

"这些人都有很强的自恋倾向，即便是小孩子说的话，也会让他们感觉受到攻击。"

这句话也引起了我的共鸣。我感觉勇一郎似乎对心爱的存在有一种恐惧感。

心爱在爷爷奶奶家生活时，勇一郎甚至训斥她说："不要随便去我家。"

心爱不愿意与父母生活在一起，而是想去爷爷奶奶家生活，这说明勇一郎没能为她创造一个舒适的生活环境。正是这一点刺激了勇一郎的自卑心理。

被告坚持否认虐待的理由

对勇一郎的法庭公审于二〇二〇年三月九日结束。检方以被告的罪行"惨无人道""绝无仅有"为由，请求法院判处被告有期徒刑十八年。

三月十九日，千叶地方法院判处勇一郎有期徒刑十六年。"犯罪手法异常残忍，对被害人有明显的虐待意图。本案性质极其恶劣，远远超出了通常量刑的范畴。在涉及一名死者的案件中，本案应归类为最为恶性的案件。"

法院的判决非常清晰明了，而辩护方未能提交任何对被告有利的证据。因此，最终的量刑与我预测的有期徒刑十八年相差无几。

辩护方承认勇一郎犯有伤害致死罪，但始终坚持认为"没有故意让被害人处于饥饿和压力状态""没有在罚站的同时用冷水喷淋"。在最终的辩护陈词中，他们主张

"只是对孩子的教育行为过激",并非"日常的虐待"。

勇一郎一直坚持"只是女儿太吵闹了才控制住她""晚上罚站是她自己主动做的"。即便法医和精神科医生在证词中多次指出勇一郎证词的矛盾之处,他仍坚称"我说的都是事实"。他拒不承认虐待行为。

法庭上播放勇一郎拍摄的虐待心爱的影像时,虽然坐在旁听席上只能听到声音,但心爱无助的哭喊声,以及夹杂其中的责骂声,使旁听席上的人无不为之动容。

但勇一郎似乎并没有受到旁听席上悲伤与愤怒情绪的影响,他始终面无表情地凝视前方。

勇一郎为什么坚持否认虐待呢?在本案中,勇一郎的虐待行为被视频、音频、聊天记录等多种媒介记录了下来,可以说他自己留下了铁一般的证据。

但他不仅否认自己的虐待行为,还一直强调一切都是因为女儿不听话才导致他进行教育。这种言论完全是"毫无意义的抵抗"。除了进一步贬低受害者、给家人蒙羞和加重量刑,没有任何好处。既然如此,勇一郎为什么还坚持这种对自己没有任何益处的主张呢?

二〇二〇年三月九日,勇一郎的会见禁令解除后,我与勇一郎进行了直接会面。通过这次会面,我意识到,勇一郎似乎并不理解社会意义上的"虐待"这一概念。什么样的行为属于虐待，完全没有人对他进行过说明。

勇一郎与犯罪时相比没有发生任何变化。由于会见禁令，在这段时间，除了律师，他没有接触过其他人，这使得他更加执着于自己的世界观，甚至让人感觉他的攻击性更强了。

虐待和性暴力的加害者大多存在"认知扭曲"，他们会在自己的价值观中将加害行为正当化。要让加害者认识到自己的罪行，必须先让他们理解"什么是虐待"。例如，加害者可能辩解说"我没有恐吓对方"，但在加害者与受害者之间存在压倒性的力量和地位差距时，处于弱势的一方感到恐惧是理所当然的。必须让他们认识到这一点。

勇一郎的性格非常固执，与他交流需要花费很大一番功夫。重大案件的犯罪嫌疑人往往具有这种倾向，而犯罪嫌疑人从被逮捕到公开审判之间有一年的时间，这期间可以通过适当的教育来纠正他们的认知。

关于勇一郎的性格，证人们在证词中表示"他顺从权威"。如果能够在理解勇一郎性格特点的基础上采取适当的方法，或许勇一郎就不会在公开审判时说出贬低心爱的话了。

　　勇一郎固执的性格使他无法与家人和支援者进行有效的交流，无法客观地审视自己的想法，最终在严重认知扭曲的状态下出庭接受公开审判。

在庭审中没有被深入挖掘的犯罪动机

在这起案件之前,勇一郎从未惹出过严重的问题,那他为什么会犯下虐待女儿致死的罪行呢?我认为应该进一步地挖掘他的犯罪动机,因此建议进行"情况鉴定"。

这件事一拖再拖,终于在二〇一九年年末开始进行,但在公开审判时,却丝毫没有提到勇一郎虐待女儿致死的背景。

"情况鉴定"是指通过心理咨询等方式,对被告的性格、智商、生活习惯等进行分析,找出其犯罪动机。在为加害者家属提供支援时,与其说情况鉴定是为了减轻刑罚,不如说是为了帮助加害者改过自新,情况鉴定在帮助加害者改过自新的过程中发挥着非常重要的作用。

通过情况鉴定,有可能发现连被告自己都没有意识到的问题,这样的案例数不胜数。

在监狱中,加害者与外界见面的次数和对象都是有限制的，绝大部分时间都在劳动改造。因此，仅凭加害者自身的力量，很难认真地反思自己的罪行。

由于工作的关系，我接触过许多罪犯。根据我的经验，那些在判决结果下来之前就能认识到自身问题并准备服刑的罪犯，与那些完全没有意识到自身问题就直接服刑的罪犯，在刑满释放后的生活会有显著的差异。从被逮捕到公审开始通常需要一年以上的时间。在这期间是否能够改过自新，辩护人起着非常重要的作用。

勇一郎案件的辩护律师是国家指定的。这两位律师缺乏处理虐待和家庭暴力案件的经验，给人的感觉是他们对刑事审判也不够熟悉。即便勇一郎主动请求他们帮助自己调整心理状态和思想问题，也未得到回应。此外，对于勇一郎家人提出的求助信息，他们也没有回应。

后来在控诉阶段，勇一郎更换了辩护律师，这次他终于得到了合理的辩护，并且能够客观地审视自己的犯罪事实。

对勇一郎进行情况鉴定的鉴定人给出的勇一郎人物画像是"过度在意他人对自己的评价，社会认知能力与现实存在偏差，难以与他人建立稳定的关系，对集体生活中的霸凌和暴力过度忽视"。这些都是引发悲剧的原因。

今后，勇一郎的家人在帮助他改过自新时，还需要特别注意以下五个方面。

1. 在亲密关系中对控制与暴力的肯定倾向

被告认为自己在职场中拥有良好的社会关系，同时认为在家庭内部也应该按照他理想的模式来构建关系。对于与自己相比处于弱势地位的伴侣和受害者，他一方面加以利用，另一方面则选择性地施加暴力。

在社会环境中被压抑的控制欲和攻击性，都在家庭中向受害者展现出来。

2. 被害妄想

在与儿童保护机构交涉的过程中，被告的心理状态，以及养育环境都遭到了质疑，这使得被告的焦虑情绪越发严重，对受害者不受自己控制的不满也越来越大，最终陷入了对受害者施加极为严重暴力行为的恶性循环。

被告无视自身先前的暴力虐待事实，单方面地认为儿童保护机构揭露了他在育儿上的问题，并感到受害者可能会受到儿童保护机构的长期保护，这也是导致他虐待行为变本加厉的原因之一。儿童保护机构的正常应对反而加剧了受害者遭受的虐待,而由于这种扭曲的认知,勇一郎无法获得社会的认可,难以维持正常的思考。

3. 关于家庭关系的认知偏差

被告认为一个好家庭就是无论何时都能共同幸福生活的家庭,并且对此深信不疑。他对幸福的理解是,家庭成员之间要互赠礼物,外出时要去豪华的场所,注重物质和外界的赞誉。

如果实际情况未能达到他认为的良好家庭关系,他便会产生强烈的不快感,认为家人不配合自己。对家人和伴侣产生强烈的责备意识,这种情感可能会转化为实际行动。

4. 将自身的行为选择归罪为他人责任的倾向

在本案中,被告一味强调自己的行为是为了教育受害者。由此可见,当被告陷入被动局面时,他无法接受他人打乱自己的计划,主观能动性非常弱。

被告将自己的理想与计划凌驾于孩子的身心健康和安全之上,容易陷入以自我为中心的误区,并完全意识不到自己的问题。

5.孤立的育儿环境

被告长时间独自抚养孩子,但并没有意识到自己接受支援的必要性。

孩子的成长方式有很多种,尤其是在婴幼儿期、学龄期和青春期,孩子在生理和心理上会发生许多变化,这些变化的不稳定性远远超出父母的认知。被告对孩子因生长发育而产生的变化和不稳定性持否定态度,同时也对他人的育儿支援十分抗拒,因此被社会孤立,这也是导致本案发生的原因之一。

勇一郎虽然感觉在养育心爱方面力不从心,但从未向任何人倾诉自己的困难。在儿童保护机构介入后,机构对于他作为父亲不称职的指责让他感到非常恐惧。

失落一代的怨念

勇一郎出生于一九七七年，属于被称为"失落的一代"的人。由于一直无法成为正式员工，他频繁更换工作，全靠父母的资助才能维持一家四口的生活。此外，家人在法庭上才得知他还有超过二百万日元的债务。

由于勇一郎的父母都已年迈，经济上的援助不可能一直持续下去。当时，只有九岁的大女儿心爱和刚出生不久的二女儿，以及患有双相情感障碍、难以承担家务和育儿责任的妻子。这样的家庭生活即将面临危机，这也是显而易见的。

在法庭上，当被问及与父母相关的问题时，勇一郎的回答是"他们一直都非常照顾我，我非常感谢他们"。

勇一郎在法庭上表情几乎没有变化，但在家人提交证词时，他每次都会流泪。我在与他面谈时提到与家人相关的话题，他的眼眶也会湿润。

尽管家人不会停止对他的经济援助，并且尽心尽力地帮助他养育心爱和二女儿，但勇一郎认为自己拖了家人的后腿。父母年事已高，勇一郎感到自己必须早日自立的焦躁感越来越强烈。

勇一郎这一代人在学生时代时生活在对暴力并不敏感的社会中，在学校里遭受体罚是家常便饭。因此，他可能将"虐待""暴力"与"管教"联系在一起，认为这是正确的做法。然而，勇一郎的父母并没有对他采取过暴力管教或强迫学习等虐待行为。

勇一郎从小学开始就是棒球队的成员，经历过非常严格的训练。对他来说，热爱做深蹲和跑步的自己就像是电视剧里出现的"魔鬼教练"一样，这可能也是受其童年经历的影响。

勇一郎对异性的态度非常专一，他认为一旦交往就应该结婚，对组建家庭非常执着。即便无法实现经济独立，他也因受传统观念的束缚，认为"只有成家立业才是成功的男人"。

关于心爱，虽然她是勇一郎的亲生女儿，但由于从小被聪子带走，两人已经分离了长达七年之久，因此实际上和陌生人无异。想要重新建立亲子关系非常困难。

即便如此，勇一郎还是想要强行构建他理想中的家庭关系。

从小就被教育要尊敬父亲的勇一郎固执地认为，只要是父亲的话就应该无条件地服从。心爱曾经对父亲怒吼"混蛋，赶紧滚去上班"，以此来表达自己的反抗。但心爱越是反抗，勇一郎的虐待就越加残忍。

他强迫心爱拿着自己的排泄物拍照，这是对孩子极大的侮辱。对一个坚信必须尊敬父亲、女性必须顺从、孩子必须听父母话的人来说，女儿的反抗，甚至对自己出言不逊，是他绝对无法忍受的。

双方父母的对立

在法庭上,人们关注的焦点都集中在勇一郎对心爱和聪子的加害行为上。但通过与勇一郎的面谈和通信,我意识到案件的发生与双方父母之间的关系也有一定的联系。

勇一郎的父母认为聪子从不照顾孩子,因此根本不认这个儿媳妇;而聪子的父母则认为勇一郎的控制欲太强,也不认这个女婿。

根据聪子在法庭上的证词,她在与勇一郎交往时,也与公司里的上司发生了不正当关系。然而,当勇一郎提出分手时,她却完全不同意。

在冲绳县,围绕孩子的问题,聪子的父母与勇一郎也发生过多次冲突。

聪子的父母曾突然来到勇一郎居住的公寓,将孩子们带走。后来,由于勇一郎一直单方面支付生活费,他还曾向冲绳县地方警察局的生活安全科报案。

心爱在聪子的娘家生活时,聪子的父母肯定没少说勇一郎的坏话。受到这种影响,心爱的言行也成为激怒勇一郎的导火索。

心爱总是用"混蛋"这个词称呼勇一郎,有时候还叫他"白痴"。

在生活压力不大的情况下,孩子的话或许会被当作童言无忌,一笑而过。然而,当妻子生病无法照顾孩子,自己长期一个人照顾孩子,每天只能睡几个小时时,即便是很小的问题也会给人带来巨大的压力。

与妻子的相互依赖

受疾病的影响,聪子具有对他人言听计从的倾向。即便与勇一郎再婚,她仍然与之前的婚外情对象保持联系。她的情人甚至来到冲绳县的公寓找她,结果与勇一郎正面相遇。

聪子和情人在勇一郎不在家时在家中私会,被心爱撞见。心爱把这件事告诉了勇一郎,并询问他为什么不选择离婚。勇一郎回答说:"我还需要照顾她,不能离婚。"

像这样的妻子就算离婚也是很正常的,但勇一郎对聪子有很强的保护欲。

聪子在生下二女儿后患上抑郁症,在冲绳县的一家医院接受治疗期间,曾遭到护士的性骚扰。尽管勇一郎投诉医院并使那名护士被开除,但这件事仍然加深了他对社会的不信任。

在心爱去世之前，聪子与勇一郎之间的 LINE 聊天记录全部都有保存，聪子会将心爱在家里的表现告诉勇一郎。其中一部分内容如下：

二〇一九年一月七日上午八点四十九分
真没想到，心爱趁我和××（二女儿）睡觉的时候，悄悄地从房间里跑出来，擅自打开冰箱拿饮料。我给她喝过麦茶之后，她居然说还想喝柠檬茶！真是得寸进尺！总之，不管我怎么告诉她不许擅自从房间里出来，她就是不听！

二〇一九年一月七日下午一点十八分
我明明告诉她在二女儿睡着之后不要从房间里出来，但她还是出来了四次！

二〇一九年一月七日下午六点五十七分
别看她现在头疼、迷糊，装得跟真的一样，等我们出门之后她不一定干什么呢。

二〇一九年一月八日下午五点五十五分

她又说要喝茶!

她刚才说我没给她吃甜食,她以为自己是谁啊?真生气!

今天面包又都吃完了!

还是和以前一样狼吞虎咽地吃东西,看到她那种吃东西的样子就来气!

虽然在法庭上,聪子表示自己与控制欲极强的勇一郎对抗,试图阻止他虐待心爱,但从这些聊天记录来看,她似乎对心爱的擅自行动也颇为不满。

因为聪子辱骂过勇一郎的双亲,说了类似"混蛋爷爷奶奶去死吧"这样的话,所以她不被允许进入野田市的老家。心爱也和真由提到,聪子对心爱能够经常出入野田市老家感到嫉妒。

"不管是心爱也好,还是二女儿也罢,她根本就不会养育孩子。"

只能独自一人养育女儿们的压力,也是导致勇一郎虐待心爱的原因之一。

与父母之间的经济差距导致的加害行为

勇一郎从小生活在富裕的家庭中,如果他能够拥有与父亲相同的工作条件,或许就能更从容地应对家庭中出现的问题,从而避免虐待致死这样悲惨的结局。

在我近年来参与的虐待案件中,因遭受父母虐待而继续虐待自己子女的情况越来越少,反而是成年后的家庭条件与小时候的家庭条件差距过大导致的虐待现象越来越多。接下来,我想为大家介绍一个与本案十分相似的案例。

田中幸子(化名,七十岁)的长子达也(化名,四十岁)与一名带着上小学的儿子的女性结婚,两人婚后又生了一个孩子。一家四口生活在一所公寓里。

达也曾因诈骗罪入狱。达也的父亲是一名银行职员,母亲幸子是全职家庭主妇。达也从小生活在富裕的家庭环境中，但大学毕业后的就业之路并不顺利，最终只能成为一名非正式员工。

他向当时交往的女友求婚，但一直没有得到对方的同意。于是，他决定带女友去海外旅行，并购买价格昂贵的礼物来讨好她。然而，他因此欠下了大量债务，由于无力偿还，最终他走上了诈骗的犯罪道路。与此同时，他的弟弟被一流企业录用，并成功组建了家庭，这也让达也感到非常焦躁不安。

刑满释放后，达也在打工的地方结识了一名单亲妈妈。两人开始交往，并度过了一段相对稳定的时期。达也与这位女士的儿子的关系也很好，把他当作自己的亲生儿子对待。

但据幸子所说，自从妻子再次怀孕并生下二胎后，达也的脸上就再也没有轻松的表情了。

"有了孙子本是一件高兴的事，但对生活的不安却总是挥之不去。自从他结婚，我们做父母的担忧就越来越多。"

达也出狱后的生活完全依靠父母的支援。为了避免孩子因贫困再次走上犯罪的道路，达也的父母为他支付了房租和部分生活费用。即便如此，仅凭达也打工的收入，一家四口的生活仍然十分拮据。

本来达也有机会跳槽到一家待遇优厚的餐饮店工作，但由于新型冠状病毒的影响，这个计划泡汤了。

他的妻子自从生育后身体就一直不好，达也只能一边照顾孩子一边打零工，同时还要寻找工作。由于新型冠状病毒的影响越发严重，达也一直找不到合适的工作。因为工作的事情，他和妻子吵架的次数也越来越多，同时还开始借钱。

"达也小时候是一个很会照顾弟弟的温柔的人，我完全想不到他会虐待自己的孩子。"母亲幸子这样说道。

据幸子所说，如果妻子不在家，达也就不给上小学的儿子吃饭，或者罚儿子站在阳台上。达也则认为："我为了养活全家一天到晚地工作，他却不帮忙做家务，这样的孩子必须管教。"达也将自己的虐待行为合理化为管教。

妻子在得知此事后提出与达也离婚，而在家人的劝说下，达也同意了她的离婚要求。

最近达也似乎开始认识到自己身上存在的问题。

在就业冰河期以非正式员工身份工作的人中，有许多人无法获得像父母那样丰厚的待遇。其中一些人选择保持单身生活，而另一些人在组建家庭后也很难达到自己小时候的生活水平。在这样的经济状况下，对那些认为养家糊口是男人的责任和义务的男性来说，无法获得稳定的收入可能会使他们产生自卑感和屈辱感。

尤其是在遭遇失业或者收入减少等打击时，一些认为自己作为男人的尊严受到伤害的人会通过暴力行为来发泄不满。在追求理想家庭的过程中，这些人可能会采取暴力和虐待的行为。尤其是在以管教为名将暴力虐待合理化之后，他们更难以控制自己的情绪。

如果加害者不能摆脱错误的男性意识和家庭观念，加害行为就会不断重演，最终家庭中处于弱势地位的成员将成为牺牲品。虽然改善经济差距和劳动环境能够减少类似事件的发生，但这需要整个社会的共同努力，并非一朝一夕可以实现的。因此，目前我们能做的是思考如何介入家庭这个较为私密的领域，以保护可能遭受虐待的孩子。

加害者们的结局

栗原心爱的案件，是继二〇一八年三月东京都目黑区五岁女童船户结爱死亡案件之后，连续发生的又一起虐待儿童致死案件。曾经收到心爱告发父亲虐待的问卷调查表的野田市教育委员会因此遭到了非常严厉的谴责。这是一起备受社会关注的案件。在法庭公开审判期间，排队领取旁听券的人络绎不绝，由此可见社会对此的高度关注。

但在此之前，包括虐待在内的大多数家庭间犯罪，都缺乏对事件背景进行社会化验证的机会，加害者及其家庭的相关信息几乎不会被公开。

在本节中，我将通过加害者家人的证词，探讨刑满释放后的加害者是否真的改过自新。

菊地民江（化名，七十岁）对从监狱释放的长子

（四十岁）的暴力行为深感困扰。她的长子对妻子施加家庭暴力，并且不让孩子吃饭，最终导致孩子饿死。长子因遗弃致死罪被判刑。

负责此案的辩护律师认为，被告犯罪的原因在于其父母的教育方法存在问题。从那以后，长子便认为自己走上犯罪道路完全是父母的责任。在与家人见面时，他对父母大发雷霆，写给家人的信中也充满了对父母的埋怨。

即便如此，民江在长子出狱后还是接纳了他，甚至专门存了一笔钱供儿子出狱后维持生活。然而，民江为儿子所做的一切不仅没有得到儿子的感激，反而遭到了残忍的对待。

一天夜晚，喝得酩酊大醉的长子将正在熟睡的民江踢醒，然后将冷水泼在她身上。民江的丈夫在长子入狱服刑期间已经去世。长子似乎对父亲的死颇为在意，从未说过父亲的坏话。

因为长子之前从未表现出这样的行为，所以民江对此感到非常苦恼。但考虑到报警可能会将长子送进监狱，她只能选择忍受。

长子的暴力行为逐渐升级。由于既没有工作也没有朋友，长子内心积累的压力越来越大。

有一天，长子将滚烫的开水泼在民江身上，导致她严重烫伤。感觉生命受到威胁的民江找到保护机构寻求帮助。然而，在保护机构向长子询问事情经过时，长子却声称："母亲是自己不小心烫伤的。最近她可能有些老年痴呆，被害妄想症也加重了，总是以为别人要害她。"结果，保护机构相信了长子的话。

长子后来也没有找工作，还沉迷于赌博，民江存下来的钱都被他花光了。

接到民江的求助信息后，笔者立即与她的次子取得了联系，并帮助她办理了委托次子管理财产的手续。至于长子，在为他找到一份工作后，他也爽快地答应搬出母亲的家。

问题在于长子搬出去之后，谁来照顾民江。尽管她非常害怕长子的暴力虐待，但在长子离开家之后，她又立刻开始担心孩子是否安康。甚至因为感到寂寞，她想让长子再次回来与自己一起生活。

最终，民江卖掉了自己的房子搬去养老院生活，心中也放下了对长子的牵挂。

难以发现的加害行为

上田亚希子（化名，四十岁）是一位与女儿共同生活的单亲妈妈。亚希子的哥哥因赌博、诈骗和盗窃被捕入狱。受哥哥事件的影响，亚希子与第一任丈夫离婚。

亚希子热衷于参加为依赖症患者和服刑人员提供支援的公益活动。在做志愿者时，她结识了第二任丈夫。然而，第二任丈夫曾因对儿子造成重伤而被捕入狱，罪名是故意伤害。

丈夫平时的言谈举止温文尔雅，亚希子完全无法想象他会对孩子施加暴力。第二任丈夫交友广泛，出狱后很快就在朋友的帮助下找到了工作。

对于导致他入狱的那起案件，丈夫的解释是："当时是儿子先动手的。他体格很大，我控制不住他。我完全是出于正当防卫。"

亚希子对于丈夫毫不在意她的加害者家属身份的态

度十分感动,认为丈夫是不想破坏两人之间的关系,因此丈夫没有深究她的过去。

所以当丈夫说出"这次我们三个人共同组建一个幸福的家庭吧"的时候,亚希子对此深信不疑。

在与第二任丈夫同居之前,每逢周末,她总会带着女儿和丈夫一起外出游玩,一家三口的生活其乐融融。丈夫对亚希子上中学的女儿也非常关照。

但在三人买了新房并一起生活之后,问题就暴露出来了。有一天,亚希子下班回到家时,发现女儿哭得很伤心。

"我不是告诉过你要好好地打招呼吗?!"

丈夫面目狰狞地对女儿怒吼着。当亚希子安慰丈夫时,却遭到丈夫的侮辱。

"罪犯的家属就是没有教养!"

亚希子的女儿在学校的成绩很好,在家时也能主动学习。学历不高的丈夫看热衷学习的女儿不顺眼,经常埋怨女儿"不懂事""看不起我"。

女儿在考试前夕熬夜复习时,丈夫却冲进女儿的房间里怒吼:"开着灯怎么睡觉,赶紧给我早点睡觉!"

后来,亚希子还发现,在自己不知情时,丈夫竟然让她的女儿罚跪。此时,亚希子终于意识到,丈夫之前说的"让孩子受伤完全是出于正当防卫"完全是一派胡言。

为了保护女儿,亚希子找到律师帮助自己与第二任丈夫离婚。丈夫虽然感到意外,但据说也爽快地同意了。

为了避免惨剧再次发生应该做的事

对于毒品犯罪和性犯罪等再犯罪率较高的案件,监狱内部对罪犯改过自新的帮助力度也非常大。

对于杀人犯(即造成他人死亡的服刑人员),虽然会进行"站在受害者视角进行思考"的教育,但这项教育仅限于长期服刑的罪犯。有些罪犯在尚未有机会接受这样的教育时就已刑满释放。

在没有认识到自己错误的情况下,如果每天在监狱里进行劳动改造,直到刑满释放回归社会,那么极有可能再次犯下同样的错误。

而且他们的加害行为,不一定会上升到"犯罪"的程度。

曾经在监狱中受过惩罚的加害者,通常不愿再回到监狱。然而,他们往往无法抑制自己的控制欲和暴力倾向,因此会选择更为弱小的对象,通过轻度暴力和心理控制继续其加害行为。换句话说，尽管这些人没有再次触犯法律，但仍可能导致新的受害者出现。

虽然有民间团体和专业心理咨询师帮助加害者改过自新，但除非加害者本人有这样的意愿，否则其他人无法强制加害者悔改。此外，有些加害者甚至会以接受改过自新教育为条件，要求打算逃离的受害者继续留在他们身边。由此可见，改过自新教育并不是万能的。

考虑到上述情况，在引导加害者的家人获得正确支援的同时，还需要帮助加害者本人，使其能够在不依赖家人的情况下实现改过自新。

加害者的改过自新，不是指加害者本人泪流满面地保证自己绝不再犯，而是指加害者能够在不再出现受害者、不再引发问题的情况下，正常地生活。

即使让加害者及其家人从这个社会上消失，加害者也不会有任何改变。我们应该做的是让加害者认识到自己存在的问题，从而彻底改过自新。

同时，还要加强社会宣传和保护窗口的作用，为处于弱势地位的受害者提供全面和及时的保护，这样也更容易发现加害情况。

家庭暴力不仅仅是身体上的伤害。家庭暴力的本质在于"控制"。加害者的目的是通过施加暴力使对方恐惧，从而达到控制对方的目的。

对什么事情感到恐惧因人而异，并不是只有身体上的暴力会使人感到恐惧。

如果暴力没有显现出来，导致加害者没有意识到自己的行为是加害行为，受害者也没有意识到自己正在遭受伤害，那么加害行为可能会升级。

通过对加害者和受害者的双向支援，希望能够尽快建立起防止新的受害者出现的机制。

补充阅读

东京都目黑区女童被虐致死案件

二〇一八年三月，五岁的船户结爱被继父船户雄大虐待致死。结爱曾在日记里写下"我真的不会再犯一样的错了！请原谅我"等句子。检方调查后发现，优里、雄大当时都是失业状态，待在家里无所事事。

结爱的母亲优里是在二〇一六年春天带着结爱与现在的丈夫船户雄大结婚的，同年，优里与丈夫生下了一个男孩（长男）。雄大持续对结爱施暴，时常以"又变胖了"为理由，故意不让结爱吃饭。除了故意不给结爱食物，雄大还会时常对结爱拳打脚踢，导致结爱多次受伤就医。

由于不断被拳脚相向，加上营养不良，身体状况欠佳，结爱感染了肺炎，但当时雄大却以"等身上的瘀青好了再送医"为由，没有把结爱送到医院，导致结爱在二〇一八年三月因为肺炎引发败血症，在家中身亡。

无处可逃的家

第二章

岩手县孕妇被杀抛尸案

坚信凶手无辜的家人

"弟弟被逮捕了，家门口围满了媒体记者……今后应该怎么办才好啊……"

接受我的采访的是现居住在岩手县的柴田智之（化名，四十岁）。二〇二〇年四月，警方在岩手县奥州市发现了失踪的柴田绫子（化名，失踪时三十六岁）的遗体，遗体已经化为白骨。绫子的丈夫、智之的弟弟柴田智弘（化名，三十七岁）在二〇二〇年十月十五日因涉嫌遗弃尸体罪被逮捕。

"我儿子是无辜的。"

与难掩慌张的哥哥不同，犯罪嫌疑人的父亲（六十六岁）在面对大批新闻媒体时表现得非常淡定，并且坚信自己的儿子没有犯罪。

十月十六日，我第一时间赶往现场。由于发现了失踪妻子的遗体，丈夫肯定会被当成嫌疑人，但我认为也存在冤案的可能性。

智弘的老家位于一个历史悠久的小镇上。在被逮捕之前，他和父母，以及孩子一直住在这里。我抵达时，距离智弘被逮捕仅仅过去了一天，但新闻媒体早已消失得无影无踪，周围又恢复了平静。这一天，智之和其他兄弟也都赶回了家。

"智弘不可能杀人。一定是警察强迫他认罪的！"

智弘被逮捕前供职的公司里，社长这样说道："智弘在公司里很受人尊敬。在得知他被逮捕之后，公司里甚至有同事因为难以置信而哭了起来。每个认识他的人都不相信他会犯罪。"

"我结婚的时候，智弘也是第一个哭出来的人。他很容易感动，性格非常温柔。"

对于哥哥的这句话，其他兄弟也点头深表认同。

"他人很老实，从来没有招惹过事端……"

在母亲看来，智弘也是个很听话的好孩子。

"因为担心失踪的绫子，他在一年多的时间里一直在寻找。怎么可能会是他呢？"

二〇一九年五月三十日，智弘与绫子发生了争吵。

绫子扔下孩子,离家出走。LINE上的消息全部未读,一直到晚上也没有回家。

到了第二天,绫子并没有去公司上班。由于绫子之前从未无故缺勤,她的同事不禁开始怀疑她是否出了什么事。智弘在六月四日向当地警察局提交了搜寻申请。

过了两周,绫子仍然不知所终。智弘的父亲担心智弘无法独自照顾四岁的儿子光(化名),于是劝他回老家居住。

智之与智弘一起去了位于仙台市的侦探事务所,打算在警方搜寻的同时也凭借自己的力量寻找绫子。

家人们全都在努力地寻找绫子,等待着她的归来。

即便如此我的儿子也没有犯罪

二〇二〇年四月,岩手县奥州市前泽地区的音羽山。在海拔五百三十九米的偏僻深山中,一名散步的男子发现了一个人类的头盖骨。警方对已化为白骨的遗体进行了DNA检测,确认其身份为失踪的柴田绫子。

由于发现遗体的地点位于非常偏远的山区,这并不是一个人们正常散步时会去的地方,因此警方认为这是一宗抛尸案件。遗体被发现的位置是在县道下方的山崖上,因此很可能是有人用车将尸体运到此处并从高处抛下。根据当地媒体的报道,警方已开始这起案件展开调查。

在几乎从未发生过案件的地区,发现遗体的新闻给当地居民带来了巨大的冲击,受害者的家人更是陷入了深深的绝望之中。

"能找到遗体也好……"

在警察局认领遗体时，智弘看到已经化为白骨的妻子，不由得流下了眼泪。在陪同他前来的父亲的眼中，智弘完全是一位因突然接到噩耗而悲伤不已的"受害者遗属"形象。

在绫子的遗体被发现三个月后，二〇二〇年七月二十五日的《岩手日报》报道了警方的搜查行动。报道指出，尽管岩手县警方派出了多达九十二名警力进行了严密的搜查，但仍然没有找到任何与嫌疑人有关的具体线索。

由于从绫子失踪到发现遗体已经过去了一年多的时间，许多信息都难以搜集，当地很多人认为这起案件可能会成为悬案。

刑警们开始频繁地拜访智弘和他的儿子光所在的柴田家。因为在事发前，没有任何关于绫子存在烦恼或者困境的信息，警方认为绫子没有自杀的动机，自然将怀疑的目光投向了她的丈夫。

"别人会这样认为也很正常。但我们全家人都相信智弘是无辜的。"

全家人仍然像之前一样寻找有关绫子失踪的信息，希望能够找到与犯人有关的线索。

从二〇二〇年十月十二日开始，警方正式对智弘展开审讯。由于十月十三日是智弘的生日，他的家人希望警方能够让他早点回家。正是全家人聚集在一起准备为智弘庆祝生日的这一举动，唤起了他内心深处的负罪感。

在第二天的审讯中，智弘承认了自己的罪行。十月十五日，他因涉嫌抛尸罪被逮捕。

"智弘……不可能，是智弘做的吗……"

一直坚信自己儿子无辜的父亲，在从刑警那里得知智弘已经认罪的事实后，整个人顿时感到无比失落。

然而，对柴田家的人来说，并没有时间一直这么消沉下去。

"必须考虑光今后应该怎么办……"

刑警督促柴田家尽快决定是否要继续照顾智弘的儿子光。

在新闻媒体的报道中，柴田家被描绘成了犯罪分子的家庭，原本平静的生活被彻底打乱。另一方面，作为受害者遗属的绫子的娘家人在警方的保护下免受新闻媒体的骚扰。从常人的角度来看，与同加害者家属生活在一起相比，同受害者遗属生活在一起对光来说更加安全。

于是光离开了柴田家，被送往绫子的父母家生活。

"犯罪嫌疑人的父母，在受害者的遗体被发现后的半年时间里，一直与犯罪嫌疑人生活在一起。说他们一家人对此毫不知情，谁能相信呢？"

由于我负责柴田家与新闻媒体的对接工作，记者们因此将所有针对家属的尖锐问题都抛向了我。

记者们会有这样的想法也不难理解，毕竟这是一起充满谜团的案件。

"在法院正式开庭审理之前，我不能给出任何回答……"

虽然我是这样回应的，但智弘的家人确实对此一无所知，这是千真万确的事实。在智弘和绫子夫妇之间究竟发生了什么呢？

隐藏在夫妻关系背后的秘密

二〇二一年四月,我第一次与柴田智弘进行了面对面的交流。他本人确实如周围人对他评价的那样,忠厚老实,并且人品很好。虽然因为是第一次见面而感到有些紧张,但他仍然很有礼貌地微笑着向我打了招呼。

他已经对杀害妻子绫子并抛弃尸体的罪行供认不讳。当地媒体报道称,他的作案动机是"对日常生活中的妻子感到不满"。

在他写给家人的信中,也有经常被绫子严厉地训斥,因为忍无可忍而后将其杀害的描述。一直坚信智弘无辜的家人,在看到信件后才终于接受了事实。

当我询问新闻媒体报道的内容是否准确的时候,智弘深深地点了点头。

"每当我看到其他夫妻,总是会感到非常不可思议,为什么他们的关系那么好呢?"

在柴田家的人看来，他们夫妻二人的关系并不和睦。

"感觉智弘一直对绫子言听计从。"

父亲苦笑着这样说道。

在柴田家的家庭聚会上，看到哥哥智之的妻子照顾喝醉了的智之，智弘羡慕地说道："这在我家里是不可能的……"

智弘与绫子是在某网络社交平台组织的线下聚会上认识的，之后两人开始交往。最初，绫子给人的印象是温柔而文静的。在交往了一年半后，绫子提出"不要让人等太久"，于是智弘向绫子求婚。

绫子在公司里是正式员工，收入与智弘相当。但她总是说："我的东西是我的，丈夫的东西也是我的。"她一直让智弘承担全家的生活费，而智弘对此不能有丝毫的怨言。

智弘理想中的夫妻关系是两人相互扶持、互相帮助，而绫子则希望智弘能够承担起整个家庭的责任。随着两人之间认知上的偏差越来越大，他们最终迎来了最坏的结局。

"要是能回到最初相识的时候就好了……"

智弘在回忆起犯罪过程时这样说道。

"为什么你一言不发？太无趣了吧！"

智弘是个不善言辞的人，结婚后经常因此被绫子责备。而绫子对智弘提出的各种要求也越来越多。

即便如此，智弘仍然坚信夫妻间的矛盾会因为孩子的诞生而全部得到解决。两人都真诚地期盼着孩子的到来。

结婚一年后，两人的儿子出生了。两人都将全部的爱倾注在这个孩子身上。然而，坚信"我的东西是我的，丈夫的东西也是我的"的绫子，认为儿子也是完全属于自己的，不愿意让儿子与智弘有过多的接触。

一家三口之间似乎产生了一道界线。智弘与儿子的接触仅限于绫子想要一个人悠闲地看电视时，她让智弘带儿子去洗澡的那些时刻。

母子二人睡在一起，智弘单独睡一个房间，夫妻之间的距离越来越远了。

二〇二一年五月二十四日，盛冈地方法院首次开庭审理此案，并将犯罪动机认定为夫妻关系不和。绫子的同事们提供的证词也证实了这一点。

"儿子长得像我,所以我很喜欢他,如果长得像丈夫我就不喜欢了。""虽然为了儿子我想要再生一个,但不想和丈夫发生关系。"

据说绫子生前经常对同事们说这样的话。

大小姐与用人

照顾孩子是绫子的工作,而智弘负责洗衣做饭。在绫子怀孕期间,她的孕期反应特别严重,智弘甚至请假回家照顾她。然而,他的这番举动不仅没有得到绫子的感激,反而被她训斥为"故作姿态,让人恶心"。

但是,如果智弘不请假回来照顾绫子,就会遭到更严厉的训斥。智弘完全不知道自己怎么做才能让妻子满意。

儿子出生那年的夏天,智弘翻开了书架上的一本笔记本。这是记录着儿子候选姓名的笔记本。虽然在法庭上,这本笔记本被称为绫子的"日记",但它并没有被特别珍藏,而是放在任何人都能轻易拿到的地方。

笔记本上是绫子的笔迹。

"要是和工资更高的男人结婚就好了""不想回到到处都是丈夫掉落的头发的家里""失败的婚姻"。

虽然智弘知道自己的妻子对婚后的生活并不满意，但亲眼看到妻子写在笔记本上的话，他还是受到了深深的伤害。

"我就像是大小姐的用人。"

智弘在法庭上这样描述自己与妻子之间的关系。

"为什么夫妇二人不能交流一下呢？"

或许每个人都有这样的疑问，检察官和法官也多次提到这个问题。但是，面对总是直接表达感情的绫子，智弘完全无法反驳绫子或提出自己的意见。

智弘从小就有非常严重的口吃。现在虽然在普通交流中没有问题，但在法庭上情绪紧张时仍然会出现口吃的情况。尽管通过自己的努力已经改善了很多，但对智弘来说，口吃一直是他的一大心病。

不仅智弘的家人，他的朋友和其他认识他的人也都表示智弘成熟稳重，从未见过他生气的样子。然而，当我问他本人时，他这样回答道：

"因为不能生气，所以就一直积累了起来。"

智弘从不与绫子争吵，即使绫子对他发火，他也只是沉默应对。然而，对心直口快、从不将事情憋在心里的绫子来说，智弘沉默的态度反而让她更加生气。

随着我与智弘见面的次数越来越多，我越发发现智弘虽然不善于表达自己的情绪，但也是个非常感性的人。他曾因职场中的人际关系而感到苦恼，在面对他人的攻击和压迫时，由于口吃的影响，他很难当场反驳，因此容易积累压力。

因为疾病而失去容身之地

因为每天被妻子训斥,智弘感到自己很窝囊、很无能,对此充满自责。而此时,他又遭遇了更为严峻的危机。

二〇一七年,智弘突然在公司晕倒,被救护车送到了医院。巧合的是,智弘被送到的这家医院里,有许多认识绫子的人,这又触碰到了绫子的逆鳞。

"为什么要来这里?不觉得丢人吗?!"

即便面对躺在病床上的智弘,绫子也丝毫不留情面。而医生给出的诊断结果——"癫痫"更是让智弘陷入了绝望的深渊。他被暂时禁止驾驶汽车。

虽然大城市中不开车的人越来越多,但在智弘生活的地方,不能驾驶汽车会使日常生活非常不便。而且,许多女性都需要男性来当司机,可以说驾驶汽车是"男人"的一种象征。

"你要怎么补偿我？大家都在看我的笑话！"

不出所料，绫子大发雷霆。

"真是个废物！"

根据绫子同事的证言，绫子对于智弘不能开车这件事相当生气。

对智弘来说，驾驶汽车本是日常生活的基本需求，但由于疾病，他失去了自理能力，变得只能依赖周围的人。上下班需要同事接送，家里需要用车时也只能拜托绫子来开车。

本来就因为无法满足妻子的期望而感到自己很没用，现在又不得不请求妻子来照顾自己，一想到这件事，智弘就难受得泪流不止。

"真让人不敢相信，要是遗传给孩子可怎么办?!"

绫子对确诊癫痫的智弘一味地斥责，进而采取了更加断绝父子关系的举动。

"不能把孩子交给病人！"

绫子开始不让智弘抱孩子，越发限制智弘与儿子的接触。

"不要靠得这么近，去那边待着！"

每当智弘靠近时，绫子就会像驱赶陌生人一样将智弘赶走。

　　智弘身为父亲的资格被剥夺,连自己的孩子都和自己疏远起来。

伪装夫妻关系的理由

"没有考虑过离婚吗?"

我在第二次见面时提出了这个朴素的问题。审判长也反复地询问过好几次。

"大家都这么问,但我根本就没有选择。"

智弘很干脆地否定了。

"我们两家的父母关系非常好,一想到要破坏这样和睦的关系,就觉得让我自己再忍耐一下吧。"

智弘说,绫子的父母都是非常善良的人。为了双方的长辈,他也希望能够尽可能地修复夫妻关系。

"我们是在许多人的祝福下结婚的。如果我们离婚了,可能会让大家失望吧……"

绫子也在笔记本上写下"失败的婚姻"这样的内容,却从没考虑过离婚吗?

"她从未提过离婚。她是那种非常在意别人的眼光的人，所以可能根本没考虑过离婚。"

绫子曾向与自己关系密切的同事袒露心声，她似乎希望在外人面前展示出夫妻关系和谐美满的样子。此外，她希望丈夫能扮演一个理想的丈夫角色。她对周围的人的评价非常敏感，而不太关注丈夫的想法和情绪。

"结婚典礼的时候我也像是一个配角。"智弘苦笑着说道。

他想在婚礼上向生养自己的母亲表示感谢，希望能够和母亲一起上台，结果却遭到了绫子的强烈反对。

"不行，那样会让人以为我跟一个妈宝男结婚！"

据说绫子对孩子的管教也很严格。

"赶紧给我睡觉！"

每天晚上，智弘都能听到隔壁绫子的怒吼声。

自从儿子出生，夫妻二人就分房睡了，当然也没有过性生活。

"光一个人会寂寞吧，怎么办？"

尽管夫妻关系一再恶化，但绫子仍然担心光一个人会感到寂寞，因此想要再生一个孩子。

"性生活只是工作而已，我好像被当成了工具。"虽然两人之间已经没有了爱情，但对家庭的执着却是一致的。

被连虫子都不敢打死的男人绞杀

绫子不但瞧不起智弘,还瞧不起他的工作和家人。

绫子对智弘公司的评价是"工资低,不是什么好地方"。

在智弘的祖父去世时,绫子也没有表现出丝毫的悲伤之情,只是说:

"真是麻烦。"

智弘对与妻子一起生活感到非常痛苦,他开始在休息日躲在网吧。不会做饭的绫子打电话让他早点回家,智弘则谎称自己正在出差,无法回去。

绫子曾经和她的同事抱怨说:"加班没工资,还不回家。"

智弘一直在寻找修复夫妻关系的机会。

"虽然我和她之间已经没有了爱情,但我还是希望能够让她开心。"

智弘为了讨妻子的欢心，给她买了名牌的钱包和相机作为礼物。

"你以为送这些东西我就会高兴吗？"

但绫子绝不会因此而满足。

平时总是抱怨、一言不合就发火的妻子，只有在旅行时才会露出久违的笑容。于是，智弘预约了那须高原的旅行，打算多陪妻子出去走走。

但旅行需要花费很多钱，仅凭智弘的工资逐渐变得难以承担。智弘在单身时攒下来的钱很快就花光了，最终他只能去进行网贷。

这种为了讨妻子欢心而饮鸩止渴的行为使得绫子更加愤怒。

"通过网络贷款消费，这简直是人渣的行为！用借来的钱去旅行，完全不知道你是怎么想的！"

绫子怒不可遏。智弘的行为可能确实缺乏计划性，但他的本意是好的，他只是想讨妻子欢心而已。虽然我想说我能够理解他的心情，但最终这句话还是没有说出口。

对打算买房的绫子来说，丈夫借网贷是无论如何都不能容忍的行为。于是，绫子开始不再和智弘说话。

后来，绫子怀上了第二个孩子，但智弘怎么也高兴不起来。

"让她怀上了人渣的孩子，我只感到非常抱歉。"

从这个时候开始，智弘开始产生自杀的想法。

"在我下班回家的路上，有一座大桥，我总是有一种从上面跳下去的冲动，但始终没有勇气去实施。"

二〇一九年五月三十一日早晨，绫子因为智弘前一天晚上回来得太晚而大发雷霆。

"就因为你的工资太低，所以我才不能辞职！"

一大清早就开始毫不留情地斥责。

"你的病让我颜面扫地。"

本来从不会生气的智弘，这次也有点恼火了。毕竟生病并不是他的本意。

"就因为你，我的人生变得乱七八糟。"

智弘终于失去了理智。他一直以来为妻子所付出的努力全都白费了。智弘的心中充满了绝望和愤怒。

"你怎么对得起我？"

如果妻子不在就好了……智弘回到自己的房间，从架子上拿起充电线，走到正坐在梳妆台前照镜子的绫子背后，突然将充电线套在她的脖子上。

"啊,快住手!"

绫子用手抓住勒在脖子上的充电线,拼命反抗。智弘抓住已经倒在地上的绫子的手臂,继续勒她的脖子。

"为什么……"

面对妻子一边挣扎一边提出的质问,智弘答道:

"反正也是假装夫妻……已经没有未来了,抱歉……"

说着,智弘将绫子绞杀致死。

为了孩子化身恶鬼

智弘是冲动杀人。

在将绫子杀害后,智弘将她的遗体藏在了自家的衣柜里。他对每天来家里接自己的同事撒谎,说妻子离家出走了,然后把儿子送到了幼儿园。

从这一瞬间直到被捕的一年零四个月期间,智弘一直在扮演妻子离家出走后的丈夫,不断地欺骗周围的人。他的家人和朋友都说智弘不是那种能够一直欺骗别人的人。那么,他为什么能做出如此残忍的事情呢?

"这一切都是为了儿子。我夺走了他的母亲,但我希望能够让他连同母亲的份一起幸福。因此,我绝对不能被逮捕。"

他将绫子的遗体藏在家中的衣柜里一个月。在此期间,毫不知情的家人还到藏有绫子遗体的家里拜访过好几次。他们对光的解释——母亲因为工作繁忙,暂时不能回来——深信不疑。

一方面，智弘和光的生活开始了。智弘第一次感受到了作为父亲的喜悦。他从心底爱着光，只要是为了光，他什么都愿意做。

另一方面，他也为如何处理绫子的遗体感到烦恼。随着遗体的腐败，房间里开始飘出尸臭，但仅凭他一个人，很难将遗体搬运出去。

二〇一九年七月二日，一打开玄关的门，就能闻到隐约的尸臭，智弘决定将绫子的遗体抛弃。为了不被人发现，他趁着夜色将遗体用布包裹后放入汽车的后备厢，然后开车去抛尸。此时，光正坐在汽车里的儿童座椅上。由于智弘不放心将光一个人留在家中，只好带着他一起。智弘将车开到人迹罕至的山区，从车里搬出遗体，扔下山崖。

"因为没有时间了，只能这样做，所以就做了。"

从他的言谈举止上来看，完全无法想象他是一个能够开车到山区抛尸的人。

人会因为状况而发生改变，即便如此也未免太残酷了。

"我认为我做的这一切，都是为了光。"

想到家人才恢复理智

想让儿子幸福……这是智弘生存的唯一理由。当他的内心被恶鬼占据时,他的眼中可能再也看不到除了儿子的任何东西。是父母和兄弟的存在,让这样的智弘恢复了理智。

"大概是那个时候吧……"

哥哥智之回忆起智弘被逮捕之前,在柴田家举办的智弘的生日宴会。

"我和智弘两个人在一起吸烟,智弘忽然露出一副仿佛做了某种决定的表情。当我得知他被逮捕时,心中竟然有一种意料之中的感觉……"

在杀害妻子后的一年零四个月里,他对最信任的家人也隐瞒了真相,拼命扮演着寻找失踪妻子的丈夫的角色。所有的家人都没有怀疑他,坚信他是无辜的。

"回忆起那个时候一直相信自己的家人,想到还要继续欺骗他们,我终于恢复了理智。"

智弘在第二天的审讯中就坦白了一切。

本案由于从抛尸到遗体被发现之间经过了很长时间,因此搜查困难重重。此外,由于连凶器都未找到,要想弄清事情的真相,智弘的坦白显得尤为重要。

智弘毫无保留地坦白了一切,这是他赎罪的第一步。但在与智弘见面时,我对于是否要将真相公之于众仍感到有些犹豫。因为如果要公布真相,就必须将绫子对智弘的言行也一并公开。

"'工资太低''人渣'等否定人格和嘲笑疾病的言论,完全可以视作语言暴力。"

但智弘说:"虽然我也感觉这是语言暴力,但我从未想过与他人交流这些事,因为我不想说妻子的坏话。"

每个家庭或多或少都会有一些问题。许多人会选择与亲人或朋友倾诉,以减轻自己的压力,但智弘的性格过于认真,从来不说别人的坏话。这种性格也使得他的压力越来越大。

"我不愿意把妻子想得太坏,也没有和亲人朋友说起过自己的烦恼。"

家人得知的真相

二〇二一年五月二十四日,盛冈地方法院首次开庭审理此案。我和智弘的哥哥智之一起坐在旁听席上。

在此之前,我曾与智弘见过很多次,详细地听取了关于案件的全部细节。在庭审时,智弘的供述与我们见面时他所说的内容完全一致。

我作为法律援助者,只是在一旁平静地做着记录,但对旁听庭审的智弘的家人来说,这无疑如同置身地狱。因为受害者也是他们的亲人。当案件的真相逐渐浮出水面时,智之面对这样的事实,也难免露出动摇的神色。

让加害者的家人参与旁听,其意义在于判断被告是否有改过自新的可能性。像这起案件这样在法庭上公开审理时,家人才得知全部真相的情况其实并不少见。也有不少夫妇通过法庭的审判才意识到已经无法继续维持婚姻，继而选择离婚。

智弘的父母和兄弟在受害者失踪后一直全力寻找，即便心中存有疑虑，也始终坚信智弘是无辜的。

受害者遗属也来到了法庭。绫子的父母一直相信智弘的话，等待女儿的搜寻结果。考虑到绫子的父母的心情，作为加害者的家属，在庭审时肯定有好几个瞬间都恨不得找个地缝钻进去吧。

在案件发生后，率先支持弟弟的哥哥智之以情理证人的身份出庭，以加害者家属的身份表达了自己复杂的心情。

"对于弟弟犯下的罪行，我虽然在一定程度上能够理解，但考虑到死者家属的感受，我无法原谅。"

同时他还表示，对于侄子光的抚养费，他们全家会一直支付。

检察官询问还有什么话想对被告说时，智之非常坚定地说道：

"不管发生什么，我都是你的哥哥。"

检察官认为，被告的犯罪行为十分恶劣，由于一时冲动而做出了无法挽回的行为，要求法院判处十八年有期徒刑。辩护方则提出，被告是因为妻子的精神折磨和虐待才犯下罪行，建议判处五到七年的有期徒刑。

宣布判决结果的当天，我到拘留所又与智弘见了面。智弘的表情比之前更加僵硬，显得非常紧张。

十八年的有期徒刑比预期的更加严重，给柴田家带来了不小的冲击。对于杀害妻子的事件，智弘表示：

"我想要从妻子身边离开。我应该坦诚地将自己的想法告诉她，与她认真地沟通一下。没有和她交流就冲动地犯下罪行，完全是我的责任。"

对于抛弃遗体并一直对周围的人撒谎，智弘说道：

"我认为这是为了儿子，将自己的行为正当化了。"

表达了自己的忏悔之意后，智弘也做好了接受判决结果的准备。

"这是我犯下的错误，不管是怎样的结果，我都认真接受。"

最终法院的判决结果是有期徒刑十四年。

法院量刑的理由如下。

关于杀人一案："这可以说是基于坚定杀意的残忍罪

行。被害人已怀孕九周，同时考虑到被告对此事是知情的，可以说这是极其残忍的行为。""尽管被害人的言行对被告的精神造成了一定的折磨和打击，并不能单方面谴责被告。然而，被告可以采取其他各种手段，例如倾诉自己的心情，与被害人交谈，与周围的人商量，或者与被害人保持距离等。即便被告遭受了精神折磨和打击，但这无论如何也不能成为杀害被害人的理由。被告杀害被害人是过于自私和冲动的表现。"

关于抛弃尸体一事："被告将遗体藏在家中，因担心被害人被发现而向父母和被害人的同事撒谎称被害人离家出走，这些行为都无法辩解，可以说是极其残忍的行为。"

关于被告的认罪态度："被告对自己的犯罪事实供认不讳，能够认识到自己所犯的罪行并表现出悔改之意。被告的家人明确表示愿意在被告回归社会后帮助其改过自新。考虑到上述情况，可以认为被告有改过自新的可能性。"

最终的判决时间少于十五年，智弘的家人都松了一口气。第二天我再次与智弘见面时，他之前的紧张情绪已经缓解，恢复了往常平稳的表情。

"接下来就要开始赎罪了。"我也与他约定，等他刑满释放后，会和他的家人一起帮助他重新融入社会。

"有车和家庭才是男人"的价值观

见面的时候,我问智弘有没有什么想对社会说的话。

"我的家人对这起案件没有任何责任。我父母对我的教育也没有问题。"

他一边哭一边这样说道。

我曾多次到智弘的老家采访,并与他的家人保持定期联系。智之和智弘的其他兄弟不仅没有犯罪记录,甚至连麻烦都不愿招惹。当地人对绫子及其家人的评价是"非常温柔的人",我也有同样的感觉。很多人对杀人犯智弘的评价是"温柔且富有人情味的人",通过与他的交流,我对此深信不疑。

智弘的家人因未能及时察觉到智弘的烦恼而深感自责。然而,未能及时发现问题并不能完全归咎于家人。因为每个人都是成年人,各自有自己的家庭和生活,不可能频繁地交流彼此的烦恼。甚至有许多人认为,正因为是家人，所以不希望让家人担心，从而不愿意让家人过多干涉自己的生活。

从绫子的言行中，不难看出她持有男性应该比女性赚得更多，并应该承担整个家庭责任的价值观。这绝不仅仅是绫子个人的观点，而是整个社会普遍存在的价值观。因此，绫子只是在陈述一种理所当然的看法，可能并不是有意要伤害或刺激她的丈夫。

智弘的癫痫发作，使得只能由妻子来开车，这件事可以说是整个案件的导火索，因为这件事彻底破坏了绫子心中认为丈夫应该承担整个家庭责任的理想。

在大城市中，选择不开车甚至不成家的年轻人越来越多，但在乡镇地区，有车和有家庭才称得上是男人的价值观仍然根深蒂固。因此，不管家庭多么让人难以忍受，智弘仍然无法离开。即便夫妻之间毫无感情，甚至互相厌恶，他们还是想生第二个孩子，甚至计划购买房子。

在愤怒冲昏头脑之前，智弘应该去家庭暴力援助中心咨询和寻求帮助。然而，目前面向男性的援助窗口非常稀缺。如果智弘身边存在有同样遭遇和烦恼的朋友，也许他就不会在死胡同里越走越深，最终也不会迎来这样的悲惨结局。像智弘这样被妻子的言行伤害，独自承受痛苦的男性应该不少吧。

智弘在一个幸福美满的家庭中长大，从未遇到过任何问题。因此，在自己的家庭出现问题时，他不知道该如何应对。

在判决的最后，法官对智弘的改过自新提出了建议："今后的人生中遇到问题时，希望你能先与他人商量。"

为了防止类似事件再次发生，应增加帮助男性倾诉心中烦恼的场所，并创造一个让男性能够寻求帮助的环境。

本案如果受害者与加害者的性别对调，或许酌情审判的余地会更大一些。我认为今后应该更多地关注男性弱势群体。

无 处 可 逃 的 家

第三章

宫崎家族三人被害案

受到当地保护的加害者家族

福冈县丰前市位于福冈县与大分县的交界处，被求菩提山和犬之岳等高山环抱，自然资源极为丰富。

二〇一〇年三月一日，在宫崎县宫崎市发生了一起一家三口被杀害的案件。加害者奥本章宽（当时二十二岁）现已被判死刑并关押在福冈拘留所。

丰前市是死刑犯奥本章宽的出生和成长之地，他的家人，包括他的父母，至今仍生活在当地。据说，当地专门成立了一个支援团体，为死刑犯的家属提供支援。

章宽在三月一日凌晨五点，将仅出生五个月的长子掐死，然后分别用菜刀和锤子杀害了妻子由美（化名，当时二十四岁）和岳母绢代（化名，当时五十岁）。长子的遗体被他埋在家附近的垃圾场中。

同年，在宫崎地方法院举行的公开审判中，章宽因"对家庭生活不满而积攒了压力和愤懑，因为被丈母娘斥责而决定将家人全部杀害""对自己的孩子没有任何感情，残忍无情且性质恶劣，以自我为中心且冷酷无情，犯罪行为非常严重，应该处以极刑"而被判处死刑。

受害者是凶手的家人，并且加害者已经被判处死刑，属于重大案件。因此，当我得知加害者的家属在案件发生后仍然在原居住地继续生活时，我感到非常震惊。

根据前面提到的支援团体提供的数据，百分之九十以上的杀人案件加害者的家属最终都选择了搬家。即便没有遭到攻击和排斥，他们与当地居民之间的关系也会变得紧张，因此许多家庭因为难以忍受这种状况而主动离开。此外，与城市相比，他们更愿意搬到偏远的乡村地区。

为什么在这个人口稀少的小镇，当地居民会为加害者家属提供支援呢？为了解开心中的这个疑问，我通过朋友的介绍前往当地访问，终于有机会与支援团体，以及加害者家属见面。

我与在"与奥本章宽共同生活会"事务局工作的荒牧浩二，以及为包括章宽父母在内的奥本家提供支援的志愿者们进行了交流。

当地人认为，尽管章宽犯下了严重罪行，他们仍希望他能有机会赎罪，然后回归当地。

人们的支持是生存下来的动力

二〇一八年,以熊本县为中心,九州地区开始正式为加害者家族提供支援。章宽的父母也参加了熊本县组织的"九州加害者家族会"。

"九州加害者家族会"是一个犯罪者家属聚集在一起,交流自身体验和感受的活动。参与者仅限于"加害者家属",但加害者的罪名,以及参与者与加害者的亲缘关系各不相同。为确保参与者在发言时的公平性和安全性,每次活动都有专门的工作人员主持。

当天,包括奥本章宽的父母在内的三组家庭都来到了熊本县。然而,除了活动的组织者,参与者并不了解其他人究竟是哪起案件的加害者家属,参与者也无须透露案件的具体内容和罪名。

"当我接到警方通知的时候,感觉人生都完蛋了……"

"我的孩子犯了罪,而我还在平静地生活……忽然就会产生出这样的罪恶感。"

奥本夫妇仔细地聆听其他参加者的发言并不时地点头。

"我们作为加害者的父母,也和大家有同样的心情。"

章宽的母亲雅代(化名,六十岁)对其他参与者的绝望心情感同身受。而其他参与者看到奥本夫妇平静的神情,也完全无法想象他们竟然是死刑犯的家属。无论案件大小,家人被逮捕都是一件非常可怕的事情,许多人都会对未来的生活感到绝望。

章宽的案件已经过去了十年。当时由于没有支援组织,奥本夫妇在突然接到警方通知时,也不知该如何是好。奥本夫妇只好请假赶往案发现场宫崎县,在向工作单位的上司请假时,他们得到了上司的鼎力支持。

"不用担心工作上的事情,你们去照顾好你们的儿子,我会照顾好你们。"

有时候,即便案件并不严重,加害者家属可能会因为遭到社会孤立而最终选择自杀。因此,周围人的支持非常重要,这样才能帮助加害者家属冷静地面对案件。

此外,从奥本夫妇在加害者家族会上的表现来看,有些话只有在面对同为加害者家属的人时才能说出口,这也是举办加害者家族会的意义所在。只有通过他人的支持,人们才能在绝望中获得力量。

对错误教育方式的悔恨

"因为我们对他太严厉了,所以才会发生这样的事……"

奥本夫妇在案件发生后,回顾教育孩子的方法时悔恨地说道。

不止奥本夫妇,所有孩子犯了罪的父母都认为自己的教育方式有问题。"如果那时候我那样做的话……"或许他们永远也无法摆脱这种自责的念头。

我在日本国内的支援团体中,为杀人犯的父母提供了很多的支援。在我的著作《儿子杀了人——加害者家族的真相》中,也介绍了许多相关的案例。

关于犯罪的报道几乎从不关注加害者家族的实际情况。或许还有人认为,既然是杀人犯的父母,在对子女的教育上肯定存在某些问题。

但实际上并非如此。根据我的经验,很多杀人犯的父母在对子女的教育上其实并没有什么问题。

　　章宽从小就学习剑道，父母也教育他要遵守规矩，他曾经还是自卫队的队员。奥本夫妇所认为的"严厉"，也不过是教导章宽"要认真地打招呼""不要给别人添麻烦"，以及受时代和地域影响的"做一个男子汉"。"不要给别人添麻烦""做一个男子汉"与其说是奥本夫妇的价值观，不如说是那个年代的价值观和常识。

对加害者的支援

"人生值得一活,此时此刻的我仍然这样认为。"(《波纹——与奥本章宽同行十年的奇迹》第一页)

《波纹——与奥本章宽同行十年的奇迹》是福冈县丰前市"与奥本章宽共同生活会"在案件发生十周年之际出版的一本书。

书中的主要内容包括章宽在拘留所里创作的画作,他与家人和支援者们的书信往来,对当地人的感谢,以及法院的判决记录等。这本书由全国的支援者们集资出版。

通过这本书中的内容,可以看出有很多人关注这起案件,并期待着章宽的归来。

"与奥本章宽共同生活会"最早成立于二〇一二年七月,最初的名字是"奥本章宽支援会"。事务局的负责人荒牧,既不是奥本夫妇的亲戚,也不是章宽的朋友,可以说是一个完全的局外人。他参与到这起案件中,已经是法院宣判死刑之后的事了。

起初,我以为荒牧肯定是一个坚决反对死刑的人,可能从学生时代就投身于这项活动中。许多反对死刑的组织通常通过与死刑犯接触,为死刑犯的家属提供支援。因此,我认为"与奥本章宽共同生活会"也是这样的组织。

然而当我向荒牧询问对死刑的看法时,他的回答却令我感到非常意外。

"现在我反对死刑,但在与奥本一家接触之前,我认为既然杀了人,被判处死刑也是无可奈何的事情。"

我曾经也与荒牧的想法一致。虽然我并不赞成死刑,但被夺去性命的人无法复生,因此死刑也是一种必要的惩罚手段。

但我现在认为应该废除死刑。我之所以这样想,是因为通过为加害者家族提供支援,我亲眼见证了一个人被迫成为杀人凶手的过程,并开始意识到死刑制度并不能阻止悲剧发生。

"我认为,随着我们活动的不断深入,奥本夫妇变得越来越坚强。他们无论如何都想要拯救儿子的心情也深深打动了我。"

荒牧的心情我十分理解。虽然我自己不是加害者家属,但在提供支援的过程中,我了解到许多加害者家属的想法。他们那种"对家人的强烈感情"也确实打动了我。

导致儿子走上犯罪道路的原因

"说实话,我也不知道儿子为什么会做出这样的事……"奥本夫妇满怀愧疚地说道。

不仅他们夫妇二人,从小就与章宽相识的朋友们在得知案件发生后也感到十分惊讶。许多人自发前来参加与案件相关的活动,因为他们相信章宽不是那种毫无理由就会伤人的人。

在家人和当地居民的关爱中长大的章宽,为什么会杀害自己的家人呢?

章宽的童年时期一直在自然资源丰富的丰前市无忧无虑地度过。他从小学开始学习剑道,高中毕业后加入航空自卫队,被分配到宫崎县航空自卫队新田原基地。

在那里,他与妻子相遇,并因为妻子怀孕而跟妻子结婚。据说,当地有部分女性非常希望能够与自卫队员结婚。

结婚后,章宽退出了自卫队,进入一家土木会社工作。他认为自己很适合这份工作,并在职场上非常努力,因此得到了同事的一致好评。

但他在宫崎县的婚姻生活却并不顺利。

章宽与妻子由美、刚出生的长子,以及岳母绢代一起生活。绢代的性格非常强势,自从与岳母一起生活后,章宽就感到非常苦恼。

当章宽拖着疲惫的身体结束了一整天的体力劳动回到家时,发现家里根本没有为他准备晚饭,他只能吃些残羹剩饭。洗澡也必须等到绢代洗完才轮到他。家庭生活中的一切都必须遵循绢代制定的规则,章宽在家中几乎没有立足之地。

章宽的月收入为二十一万日元,由美没有工作。奥本夫妇为了不给儿媳妇和绢代添麻烦,每个月会资助章宽家五万至十五万日元,还会送一些米、面、油之类的生活用品。

章宽认为自己不能总是拖累家里,于是在白天的工作之外,还打算晚上找一份兼职,但一直没能找到合适的兼职。

奥本夫妇去宫崎县探望章宽时,发现绢代和儿媳妇都穿着名牌服装，而章宽则衣衫褴褛。此外，绢代见到奥本夫妇连招呼都不打，这给奥本夫妇留下了非常不好的印象。

尽管生活并不富裕，章宽却贷款购买了一辆豪华汽车。据说这件事是和由美看了广告后决定的，奥本夫妇对此也知情。由美当时非常高兴，还说："我也会工作赚钱的。"然而，章宽一家的收入并没有增加，欠款却不断累积，最终欠款总额接近六百万日元。

据雅代所说，章宽在老师的建议下，高中毕业后就加入了自卫队，原本计划干三到四年后退伍。他的梦想是修建高速公路，一直希望从事与土木工程相关的工作。

但对非常看重自卫队家属这个身份的绢代来说，章宽离开自卫队是她无法容忍的。绢代和由美更看重章宽的地位和收入，并不在乎他的感受。

章宽因无法满足家人的需求而感到非常自卑，因此希望通过购买豪华汽车来改善家人对自己的看法。

逃避丈母娘的家庭暴力

但章宽的努力并没有得到家人的认可,绢代对他的折磨愈演愈烈。

绢代不仅对章宽出言不逊,还曾在章宽睡觉时踢他,一边说着"这么年轻睡什么觉",一边将他的被褥拿走。

在案件发生五天前,章宽还遭到了绢代的殴打和辱骂。

"你家里人一点忙也帮不上,赶紧滚回农村去吧!"

这次甚至侮辱了他的家人和故乡。

章宽的母亲雅代在案件发生前曾接到章宽发来的邮件,邮件中写道:"今后就不用再借钱给我了。"

丈母娘的家庭暴力不断升级,妻子也不支持章宽。章宽的家人和故乡都遭到侮辱,而他仍依赖家里的经济支援。他意识到必须做出改变以摆脱这种状况,由此内心充满了焦虑。

由于无法得到充分的休息，身体的疲劳不断积累，导致他逐渐失去了正常的判断能力。

终于，章宽决定通过杀害家人来改变现状，于是购买了铁锤。

三月一日清晨五点，他首先亲手掐死了刚出生五个月的儿子，然后将其放入装满水的浴缸中。接着，他用刀刃长达十二厘米的菜刀刺入由美的脖子，并用锤子击打其头部，又用锤子多次猛击绢代的头部，将两人杀害。

死刑是正确的选择吗?

二〇一〇年十二月七日,宫崎地方法院在公开审判中对章宽判处死刑,理由是"以自我为中心且冷酷无情"。

章宽在被询问作案动机时,多次回答"不知道",因此被法院认为"只有表面上的反省,缺乏深刻的悔悟认知"。

案件发生十年后,章宽已经三十二岁。在这十年间,他与包括荒牧在内的许多人进行了交流,对案件的悔悟之情也越发深刻。

在犯罪时,章宽对于自己的犯罪动机并没有进行过认真且深入的思考。

日本的审判员制度始于二〇〇九年。许多研究者和实务界人士对全国的审判员审判案例进行了分析,截至目前已经出版了许多相关的专业著作。然而,在该制度刚刚实施不久的二〇一〇年,对于当地发生的重大案件,辩护人仍感到非常棘手。

在控诉审上，检方对章宽进行了心理鉴定。通过与心理医生的交流，章宽逐渐对案件有了客观的认知。

本案的犯罪行为具有计划性，而非出于冲动，甚至连刚出生五个月的长子都被残忍地杀害。对于章宽掐死长子后将其放入浴缸再埋入土中的行为，法院判决认为章宽"对自己的孩子没有任何感情，残忍无情且性质恶劣"。

遭受岳母的家庭暴力，被岳母控制，妻子也不帮助自己，对上述两人实施杀害的行为尚且可以理解，但对无辜的孩子也痛下杀手，尤其是首先将其杀害，这被认为"残忍无情"是没有问题的。

上一章中介绍的岩手县孕妇被杀害并抛尸的案件中，罪犯因遭受妻子的家庭暴力而将其杀害，甚至连妻子腹中的胎儿也未能幸免。加害者柴田智弘虽然知道妻子怀孕，但因妻子辱骂他为"人渣"，便认为"让妻子怀上人渣的孩子是对不起她"，因此对妻子的怀孕没有丝毫祝福之情，反而深受罪恶感的折磨。

同时，妻子还不允许智弘接触长子光。直到他将妻子杀害后，与儿子两个人一起生活时，他才第一次体会到自己作为父亲对儿子的关爱。

听完智弘的话后,我终于理解了章宽为何要将长子、岳母和妻子一同杀害。章宽在这个家庭中的地位最低,他从未与孩子有过亲密接触,自然也无法对孩子产生任何感情。

将毫无抵抗能力的孩子残忍杀害的行为固然不可原谅,但他身处一个无法对孩子产生感情的环境之中也是不争的事实。

在判决中,考虑到受害者遗属强烈的惩罚意愿,再加上依据"永山基准"中关于"动机"和"杀害方法"等要素适用死刑的条款,法院做出了如下结论:"虽然被告年纪很小,不可否认还有改过自新的可能性,但本案并不能因此而回避死刑。"

据说,作为受害者遗属旁听了法庭审判的死者家属之一,在判决后通过与支援者和加害者家属的接触与交流,对死刑判决的看法也发生了一些变化。尽管辩方基于死者家属态度的变化提交了相关申请,但仍被驳回。

受害者遗属原田正治对"与奥本章宽共同生活会"的活动表示赞成。原田的弟弟在一九八四年的保险金杀人案件中被害身亡。

原田也曾多次与杀害自己弟弟的凶手见面。他想了解对方对案件的看法，也想观察对方的变化和改过自新的过程。虽然是死者的家属，但他认为剥夺上述机会的死刑制度并不妥当。

世人认为应该采取严厉的惩罚措施的理由在于"受害者的感情"和"惩罚意愿"，但原田认为，并非所有的受害者遗属都希望对加害者施以严厉的惩罚，甚至死刑。

交通事故受害者遗属片山徒有也站在遗属的立场上反对死刑制度。而根据我的经验，无论是受害者遗属还是加害者，在案件发生后通过交流，对案件的看法和主张都会有所变化。

"与奥本章宽共同生活会"将章宽在福冈拘留所关押期间创作的作品制作成团扇和日历进行销售，所得款项则捐献给受害者的遗属。

在案件发生之前，章宽并没有绘画的兴趣爱好。但在关押期间，能做的事情非常有限，他也想尽自己最大的努力做出一些补偿，于是便以故乡的景色等为主题开始创作绘画作品。

"与奥本章宽共同生活会"经常邀请律师和反对死刑的其他专业人士作为讲师,举办集会和学习会。虽然是家族间的杀戮,但章宽的案件仍是一起杀害三人的重大案件。当地居民对自己的故乡出现这样的凶犯,必然感到震惊。因此,"与奥本章宽共同生活会"通过不断与当地居民展开交流,逐渐争取到了他们的理解与支持。

在《波纹——与奥本章宽同行十年的奇迹》一书中,章宽这样说道:

"如果往池子里扔一颗石头,会发出声音,还会产生波纹。我就像是那颗石头。提到奥本,大家都知道他犯了重罪,但听到这件事的人,也会因此重新思考如何让家人幸福,并与他人展开交流。如果我能起到这样的作用,那也算实现了我的心愿。"(《波纹——与奥本章宽同行十年的奇迹》第三十二页)

正如章宽所希望的那样,他激起的波纹正在不断扩散。"与奥本章宽共同生活会"的会员人数已经超过一百人,支援者来自全国各地。我也前往丰前市进行了实地考察,发现这些支援活动并非流于表面,而是真正地为奥本一家人着想,这让我非常感动。

章宽在犯罪时还是个不成熟的年轻人。如今,他已经认识到自己的过错，并表现出明显的悔悟之情。他还有许多方法可以为社会做出贡献。我衷心希望能够给他一个活着偿还罪孽的机会，以回应他的父母和当地其他居民的期待。

无处可逃的家

第四章

被洗脑的家族

第三者介入导致家族成员关系破裂

发生在家族间的杀人案,不一定是家人之间相互憎恨引起的。也有第三者的介入导致加害者与受害者关系破裂的情况。

"马上就到我儿子的忌日了……每年这个时候,我的内心都感到十分痛苦,难以平静。"

村山敏子(化名,六十岁)的二儿子被长女的男友杀害。长女也作为共犯被捕,并因伤害致死罪入狱服刑。敏子既是失去儿子的遗属,也是加害者的家属,一直为出狱后的女儿提供帮助。

"我不能只是哭泣,还要考虑女儿的未来……"

虽然长女成了加害者,但她依旧是敏子的女儿。只不过周围的人很难理解这种感情。

一天早晨,同住的哥哥发现村山翼(化名,十六岁)倒在自家门前。翼被送往医院后不治身亡。

翼在几个月前因重伤倒在自家门前,被邻居及时发现并送往医院。翼的身上满是遭受暴力后的伤痕,警方因此发出了儿童保护通告。

"翼是个懂事听话的孩子。然而,他的姐姐却给人留下了不好的印象,似乎在虐待翼,行为实在是非常过分。为什么会发生那样的惨案呢?"

周围的邻居都对受害者表示同情,同时一致谴责加害者。但对敏子来说,"女儿虽然是加害者,但她也是我的孩子"。

儿童保护机构曾经与翼进行过面谈,但他本人否认自己遭受暴力虐待,对于受伤的原因只是说"骑自行车摔的"。

儿童保护机构提出暂时对其进行保护,但被翼拒绝了。

警察逮捕了翼的姐姐(二十岁),以及与姐姐交往的男人(三十岁)。

翼的姐姐和男友同居,两人都没有工作。他们总是让翼帮他们跑腿,还让他从早到晚打工,每个月大约十万日元的薪水全都转到姐姐的账户上。

翼打工的地方的员工曾经看到翼半边脸全都肿起来

的样子。

据员工回忆,那段时间,每次看到翼都感觉他比之前更瘦了,头发也全都剃光,用帽子遮挡脸上的瘀痕。大家因为担心而询问他发生了什么事,但翼每次都回答说"骑自行车摔倒了"或"在游戏中心与别人打架",还笑着表示不用担心。

警方通过调查发现,翼的姐姐及其男友平时经常对翼施加暴力。在翼死亡的前一天,由于二人的暴力虐待升级,最终导致了翼的死亡。

在法庭上,姐姐辩称自己无罪。然而,她的男友却指控姐姐实施了暴力,两名被告的证词因此产生了矛盾。

两名被告都声称他们的供述是在警察的强迫下写的,不能作为证据,但法庭拒绝采纳他们的证词,判处姐姐有期徒刑十五年,其男友有期徒刑十六年。

法庭认为,暴力虐待是两名被告共同实施的行为,因此对两人伤害和致人死亡的罪行做出相似的判决。

被撕裂的家族

村山家在案件发生之前一直是一个非常普通的家庭。敏子与丈夫、丈夫的父母,以及自己的孩子们生活在一起。子女有长子、长女真奈美(化名),以及二儿子翼,兄弟姐妹之间的关系一直很好。哥哥在学校里很受欢迎,而性格强势的真奈美则总是在学校里保护性格较为柔弱的弟弟翼。

到了青春期,真奈美在学校里的生活不太顺利,开始不去上学。似乎因为哥哥在学习和运动方面都很出色,真奈美产生了自卑心理。再加上感觉父母总是拿哥哥和她做比较,导致她与父母之间的关系也越来越差。高中辍学后,她便独自离开老家去打工。

有一天,真奈美带着男朋友回到老家。这名男子就是这起案件中的主犯工藤健一(化名),比真奈美大十岁。健一的父亲经营着一家公司,健一在父亲的公司里挂名担任管理干部。他经常去真奈美打工的饭店吃饭，还总是吹嘘自己与许多名人有交集。真奈美被健一的气质吸引，两人开始了以结婚为目的的交往。敏子虽然对健一的身份有所怀疑，但因为真奈美表示信赖对方，敏子便没有对女儿的选择提出异议。真奈美的父亲也对健一表示欢迎，因为他本来就对真奈美从事夜场的工作感到担忧。当得知女儿决定辞去工作回归家庭时，才终于放下心来。翼也认为"又多了一个哥哥"，因此对健一很有好感。健一很快就融入了村山一家。

"真好啊，能在这么大的家里自由自在地生活。"

健一总是这样对真奈美说。他的目的是控制整个村山家。"开公司的父亲"完全是他编造的谎言，健一从来没有正式的工作，他的真实身份是一个依靠欺骗女性来维持生活的男人。

村山家的顶梁柱是敏子。她要照顾丈夫的父母，还要养育三个孩子。家里的一切开销也都是由敏子管理。如果没有敏子，村山家就无法正常运转。虽然丈夫和孩子们都信任健一，但敏子对他并不放心。

"我觉得你妈妈其实想要三个男孩。对于真奈美，她似乎无论如何都无法喜欢起来。"

健一挑拨真奈美和敏子之间的关系。真奈美感到非常伤心,她认为自己和母亲之间的关系不好就是这个原因导致的。

"我果然是不受欢迎的孩子。"

健一抱住哭泣的真奈美说道:

"我会一生都保护你的。那样的家伙根本不配当你的母亲。"

健一经常与哥哥和父亲一起喝酒聊天。

有一天,健一说有重要的事情要说,将真奈美和翼叫了出来。

"昨天晚上我和父亲与哥哥喝酒的时候,父亲说的话让我非常在意……"

看到健一欲言又止的神情,真奈美焦急地问道:

"什么事?"

"你们还是不知道的好……"

"告诉我吧,不是说好了不互相隐瞒的吗?"

"我怕你们受打击,真的没事吗?"

真奈美点了点头。

"翼呢?"

"翼也想知道吧?"

听到真奈美这样说，翼也跟着点了点头。

"虽然父亲让我绝对不要说出去，但其实真奈美和翼，你们都不是他亲生的孩子。"

因为受到过于巨大的打击，真奈美和翼都愣在了原地。当然，这完全是谎言。

"那我们是谁的孩子？"

"你们的母亲年轻时非常轻浮，你们的亲生父亲好像是她那时候交往过的男人。"

"我和翼的父亲也不是同一个人吗？"

"是的。"

"怎么会……"

"不要告诉你母亲，父亲不让说的。"

真奈美怒不可遏。

"翼，跟我来。"

真奈美拉着翼来到正在厨房干活的母亲跟前。

"可恶的混蛋！你这个该死的老太婆给我滚出去！"

真奈美一边对敏子破口大骂，一边拿起摆在一旁的餐具向她扔去。翼也和真奈美一样，朝敏子发起攻击。

"我绝对不会原谅你！"

真奈美和翼从那以后每天都会对敏子暴力相向，嘴里也不断地辱骂。

健一还不断误导父亲和哥哥，让父亲和哥哥也怀疑真奈美与翼或许不是父亲的亲生孩子。

见到真奈美和翼对自己的态度突然发生如此巨大的转变，敏子心中充满了困惑。她认为肯定是健一在其中挑拨离间，但家里除了她，其他人都对健一非常信任，这也使得敏子在家中越发被孤立。健一欺骗父亲说，真奈美在与自己交往之前曾在夜店工作，甚至出演过成人影片。他还告诉父亲："只要我出面，就可以用二百万日元买断那部影片，阻止它上市流通。"就这样，他从父亲那里骗走了一大笔钱。单纯的父亲对健一的话深信不疑，认为只有健一才会愿意与像真奈美这样的女儿结婚。

很快，村山家的经济就出现了问题，仅凭父亲一个人的薪水难以维持家庭的生活。然而，不管敏子如何劝说，父亲都充耳不闻。由于难以忍受真奈美和翼对自己的暴力，以及丈夫和长子对自己的冷漠，敏子决定离家出走。

暴力的开始

逼走敏子之后,健一加快对村山家进行控制。他开始住在村山家的房子里,并且为了有钱吃喝玩乐,让翼出去打工。

临近冬季的一天,翼正准备洗衣服的时候,健一对他怒吼道:

"不要用热水!你只能用冷水,知道吗?"

这一幕刚好被真奈美看到了。

"我说,你做错了事难道不应该道歉吗?"

"抱歉。"翼说道。

"怎么回事,一句抱歉就算了?你知不知道你的身份?"

翼只能跪在地上说道:"抱歉……"

"应该说非常抱歉才对吧?"

"非常抱歉!"

"大声点,听不见!"

健一一脚踢在翼的胸口。

看到痛苦地躺在地上的翼,健一逼迫他把水池上的洗涤剂喝掉。翼不愿意,结果遭到健一持续的殴打。最后,翼被迫喝下洗涤剂,随后嘴里吐着泡沫晕倒在地。

健一看到嘴里吐出泡沫的翼,笑得前仰后合。

随后,他将一脸震惊的真奈美带回房间。

"今后我会好好教育翼。他的亲生父亲是个黑社会成员,如果不好好教育他的话,他早晚也会走上歧途,给我们带来麻烦。"

真奈美大受打击。她认为健一既然也在道上混过,他说的话肯定没错。从那以后,即便真奈美看到健一对翼使用暴力,也认为这是迫不得已的教育方式,因此没有及时阻止。

不管天气多冷,翼都不能使用热水,甚至在洗澡时也只能用凉水。然而,父亲和哥哥却完全没有察觉到健一对翼的虐待。

每当翼浑身是伤地回到家里,健一总是用"我在锻炼他"作为借口。有时候健一控制不住自己的怒火,就连真奈美也会感到恐惧,但因为她唯一能够信赖的人就是健一，所以对此也无能为力。

在村山家，翼完全是一个奴隶。白天他要外出打工，晚上又得听从健一和真奈美的差遣。即便已经劳累了一整天，在健一和真奈美吃完饭之前，他都不能吃饭。因为只能吃两人剩下的食物，翼以肉眼可见的速度瘦了下去。

有一天，翼正在洗头，健一突然对他说：

"你怎么总是磨磨蹭蹭的，干脆把头发剪掉吧。"

说完就拿起电推子将翼的头发剃光了。

亲眼见证这些暴力行为的真奈美，由于害怕健一也会这样对待自己，对健一越发言听计从。

在此之前，真奈美从未对翼施加过暴力行为，两个人的关系也不错。但面对健一的暴力行为，真奈美虽然口头上进行过劝阻，却没有挺身而出保护弟弟的勇气。

受害者与加害者的不同道路

从小行为举止就像女孩子的翼,在学校里也被同学们嘲笑和欺负。

"被欺负了就要还手。"

脾气倔强的真奈美总是这样教育弟弟。

"我做不到啊。"

"那要是他们想杀你怎么办?"

"就算会被杀,我也不会杀人。"

"啊?被杀也不反抗吗?"

"虽然不太好,但总比杀人强。"

"翼选择受害者的道路,我选择加害者的道路。"

翼听到后笑了。他一定想不到真奈美一语成谶。

这一天,健一的心情格外糟糕,对翼又踢又打。因为他觉得住在村山家的祖父母妨碍了他。

健一让翼去偷家里人的钱,并查询家里人的存款余额。虽然祖父母对健一也很关照,但与父亲和哥哥相比,祖父母在村山家的时间更长,似乎开始注意到翼的变化。

"你这家伙,干什么都不行!"

健一愤怒地殴打翼。

"差不多该停手了。声音太大的话,会吵醒父亲的。"

"闭嘴!滚出去!"

健一将真奈美赶了出去。

"请饶了我吧。"翼不断地求饶。

等到第二天一早,哥哥在门前发现昏迷不醒的翼时,一切都晚了。

我想,也许健一强迫翼去杀害他的祖父母,翼拒绝后遭到了毒打。就在翼终于忍无可忍、想要逃离的时候,却倒在了自家门前。

家族全员都是嫌疑人

在家庭成员中有人去世时,首先被怀疑的通常是与死者同住的人。因此,村山一家都被列为嫌疑人,并接受了警方的调查。全家人的手机都被没收,彼此之间无法联系。嫌疑最大的是真奈美,而首先发现尸体的哥哥也连续多日遭受了严厉的审讯。

虽然所有问题自己都如实回答了,但每当自己说"没做""不知道"时,警察就会一边猛拍桌子一边大声怒吼"不许撒谎"。

这个时候,真奈美开始怀疑其他家庭成员或许也与翼的死有关。父亲因为怀疑翼不是自己的亲生儿子,所以翼的死对他可能没有任何影响。哥哥可能在内心深处对翼感到疏远。由于在法院判决之前,全家人都被禁止见面,真奈美觉得其他家人可能都在陷害自己。

在法庭上,健一提出真奈美也主动参与了对翼的虐待，真奈美以为这是健一的策略。因为她相信，只要健一能够尽早获释，他一定会想办法来帮助自己。

直到被关进监狱，真奈美也没有打算与家人见面。通常情况下，只有犯人主动写信告知，家人才有权得知犯人被关押的地点。但敏子和真奈美的父亲还是设法找到了关押真奈美的监狱，并与她见了面。这样一来，真奈美才逐渐意识到自己被健一欺骗的事实。

"对于未能帮助弟弟这件事，我现在感到非常后悔。但当时如果不牺牲翼，或许其他家人也会受到伤害，我可能会被判处无期徒刑甚至死刑。这样的结局似乎是无可避免的。"

刑满释放后的真奈美与母亲敏子一起从事了护理的工作。

家族的弱点

像这种利用洗脑进行的杀人案,除了二〇〇二年发生的北九州监禁连续杀人事件、二〇〇二年的福冈四人组保险金连续杀人事件、二〇一二年的尼崎事件等备受关注的案件,还有许多其他案件。

根据我的推测,有许多这类案件中的加害者像本案中的加害者一样,直到法院判决结束都没有意识到自己遭到了洗脑。本案也是在真奈美出狱之后,根据她的证词才得知她被洗脑。这一真相在法庭上并未得到公开,在新闻报道中也仅提到残忍的男女将少年虐待致死。

翼被打得鼻青脸肿,这可以说是非常严重的暴力虐待行为,但他没有将这件事告诉任何人。

真奈美虽然没有遭受身体上的暴力,但在精神上遭到了非常严重的伤害。

因为健一将父亲和哥哥也卷了进来,所以她害怕如果自己贸然采取错误的行动,受害者的范围就会从弟弟扩大到更多的家人。

容易被洗脑的大多是不成熟的年轻人,以及被社会孤立的人。真奈美和翼在家庭和学校都没有立足之地。在这个世界上,真奈美唯一能够依靠的人是健一,而翼唯一能够依靠的人是真奈美。

对于这些在学校和家庭中缺乏立足之地的年轻人,如果社会能够及时提供保护,当然是最好的。但与此同时,也有一些不法分子专门盯上这样的弱势群体,伺机实施犯罪,这一点必须特别注意。

除此之外,还有许多家长愿意为孩子付出一切,这使得孩子成为家长的软肋。现在,也有许多新兴宗教和诈骗犯利用这一点实施犯罪,酿成了家族间的悲剧。当别有用心的人抓住目标的弱点时,就很容易对目标进行洗脑。如果社会能够提供更多的心理支援窗口,让心怀烦恼的人有倾诉的渠道,也许就能预防类似案件的发生,保护更多家庭免遭侵害。

补充阅读

北九州连续监禁杀人事件

二〇〇二年三月六日，日本福冈县北九州市小仓北区，一个十七岁的少女踉跄着从一间公寓里逃出来，向住在附近的祖父母求助。这揭开了日本犯罪史上一场史无前例的连续监禁杀人事件，受害者众多，甚至包括了主犯妻子，以及主犯妻子的一家三代亲属六人。

北九州连环监禁杀人案发生在一九九六年至一九九八年间，但直到二〇〇二年才浮出水面。主犯松永太和绪方纯子虽未登记结婚，但两人形同夫妻。松永太对绪方纯子进行了长达二十年的家暴，通过精神和肉体双重虐待对绪方纯子实施"洗脑"，令其成为自己的帮凶。

被害的七人中有六人是绪方纯子的亲属，松永太没有亲自动手，而是用暴力支配受害者。他将受害者分级排序，制造恐慌。为了不被惩罚，为了不落到等级的末位，受害者彼此监视、告密，直至互相残杀。

福冈四人组保险金连续杀人事件

福冈四人组保险金连续杀人事件中，主犯吉田纯子为了男子奶奶的一笔巨额财产与男子结婚，婚后顺利拿到遗产。在此之后，又先后控制了三名护士同学，用教唆的方式让她们杀害自己的家人骗取保险金供她挥霍。

尼崎连环杀人抛尸事件

二〇一一年十一月，日本警方接到线报后在尼崎市某出租仓库中发现了一具尸体，尸体凝固在灌满水泥的铁桶中，经过鉴定后确认了死者身份是失踪很久的六十六岁的大江和子女士。死者颈骨部分有折断的痕迹，应该是被人掐住脖子导致窒息死亡的，经过调查后确认凶手是死者的两个亲生女儿，表面看来这只不过是一起再普通不过的虐待老人事件罢了，但是接下来的调查却来了个大反转。

经调查，这是一起连续杀人抛尸事件。主犯美代子的魔掌已经伸向了多达七个家庭，共杀死八人。

当时案件曝光后，立即震惊了整个日本社会。人们被震惊是因为主犯角田美代子作案手段之特殊，案件之复杂前所未闻。

主犯角田美代子（当时六十四岁）长年劫持、支配、摧残了多个幸福美满的家庭。其作案特征是不亲自动手，而是善于利用骨肉之间和亲戚之间的关系，通过暴力等手段恫吓、胁迫、挑拨，对受害人家庭成员进行洗脑，最终毁灭受害家庭。

无处可逃的家

第五章

婴儿遗弃案的背后

教养良好的女儿为什么会做出这种事

女性私自生下婴儿并将其遗弃在卫生间和公园的事件时有发生。近年来,在广岛县和熊本县还经常发生怀孕的越南技能实习生被逮捕的事件。这表明,孕妇的社会孤立问题亟须引起重视。

但即便与家人住在一起,也可能发生类似的事件。接下来,让我们通过加害者家人的证词,来了解一起婴儿遗弃事件的背景。

"没想到妹妹竟然会做出这种事……我的父母曾经在当地参加过许多活动,但现在他们已经辞去了所有职务,整天待在家里哪里也不去。"

居住在北陆地区的工薪族田中绘美(化名,十九岁),因在公司附近的公共厕所产下一名婴儿后,将婴儿的遗体遗弃在家附近的山林中被逮捕。

绘美有轻度的认知障碍，在学校的成绩总是排在最后。然而，她平时的言行都很规矩，从不惹麻烦。中学毕业后，她在亲戚经营的公司里工作。

绘美的姐姐真美（化名，二十五岁），从小成绩优秀，就读于当地的私立学校，毕业于一所名牌大学。由于从小忙于学习，真美记忆中很少有和妹妹一起玩耍的画面。提到妹妹时，她这样说道：

"她是一个非常听话的孩子。由于我的父母非常严厉，所以我们不能穿过于暴露的服装，也不能化浓妆。每天必须按时回家，还要帮忙做家务。"

在父母和姐姐看来，在家里的绘美是一个"好孩子"。

但当地人对绘美的印象却大不相同。

"那孩子从小就总是和男孩子混在一起，据说谁都能跟她搞对象。"

当绘美同班同学的母亲听说绘美的案件时，似乎并没有感到非常惊讶。

"绘美是个完全没有防备的人，我也提醒过孩子尽量不要和她有过多的接触。"

法院判决缓刑之后，绘美很快回归了社会。提到引发案件的原因时，她用若无其事的语气回答说"因为我没有同性朋友"。绘美身形娇小、眉清目秀，看起来是个天真无邪的美少女，显然很受男性的喜爱。

在原公司的安排下，绘美又回到了之前的工作岗位。她对案件似乎并未表现出特别在意的情绪，也没有对给大家添麻烦表示歉意。

绘美不太擅长用语言表达自己的感情。因为过于直白的表达方式，她经常被误解，因此从小就很难融入女孩子的朋友圈。与异性相处让她感到更加放松和快乐，因此不知不觉间，亲密关系成了她表达情感的一种方式。

这并不是她第一次怀孕。第一次怀孕时，男方承担了流产的费用。而导致案件发生的这次怀孕，绘美无法确定孩子的父亲究竟是谁，她也无法与任何可能的对象商量对策。

在绘美工作的职场中，也有与她保持肉体关系的男性。由于公司的社长是绘美的亲戚，因此在案件发生后，为了避免类似事情再次发生，公司决定对绘美进行周到的保护。

怀孕会导致体形改变等生理上的变化，与绘美一起生活的家人竟然完全没有注意到吗？

"那段时间真美刚好决定结婚，全家都只顾着姐姐的事情……"

绘美的父母虽然对此事追悔莫及,但从绘美小时候开始,父母关注的焦点就一直集中在姐姐身上,而对绘美则是不闻不问。兄弟姐妹之间的差别待遇,是引发家庭问题的重要因素之一。

这次的案件也直接导致真美的结婚计划流产。

害怕被父母发现

"女儿竟然做出这种事……我直到现在也不敢相信。"

居住在四国地区的佐藤美奈子（化名，四十岁）的女儿奈奈（化名，十六岁），在自家附近超市的厕所内产下一名婴儿，并将婴儿的遗体遗弃在垃圾箱中。

由于这起案件的加害者是未成年人，因此信息没有被公开，媒体也没有进行大规模报道，但这起案件在当地仍然引发了巨大的轰动。

"畜生！滚出去！"

案件发生后，美奈子总是接到骚扰电话。因为奈奈在被问到犯罪动机时回答说："害怕被父母发现。"

有些看到相关报道的人在互联网上留言称"这是父母虐待的责任"，结果美奈子和她的丈夫遭到了暴风骤雨般的网络暴力。奈奈有一个哥哥，在当地的学校就读，因为成绩优异而十分出名。

很快，网络上也开始出现对奈奈哥哥恶意中伤的信息。比如，有人造谣说奈奈遭受了哥哥的性虐待，被遗弃的婴儿其实是哥哥的孩子。结果，奈奈的哥哥在学校被骂作"强奸犯"，遭到了其他人的校园霸凌。

奈奈从初中开始就一直被霸凌，到了高中仍然没有朋友。虽然被全班同学孤立，但因为没有遭受暴力虐待，所以即便奈奈向老师求助，老师也没有采取任何措施。奈奈也曾向父母倾诉自己的烦恼，但被一句"学习比交朋友更重要"敷衍了过去。

于是，奈奈为了逃避现实而沉迷于网络世界。有一位男性经常在网上倾听她的烦恼，两人的关系也越来越近，最终两人在线下见了面。见面后，由于害怕对方离开自己，奈奈无法拒绝对方提出的肉体关系的要求。在发现自己怀孕后，她立即与那名男性断了所有联系。

母亲美奈子对孩子的感情问题管束得非常严格。虽然奈奈也想结交一些普通的异性朋友，但只要是男孩子打到家里的电话，她都接不到，因为母亲严禁她在高中毕业之前谈恋爱。怀孕这种事更是不可能告诉父母的。

据说，奈奈在得知自己怀孕的那一刻，就决定自己生下孩子并处理后续事宜。她用宽松的服装掩盖自己体形的变化。

"发现婴儿遗体的人因为受到过度的惊吓而精神出了问题。"

"那个超市附近发生事故,是因为死去婴儿的灵魂作祟。"

居住在附近的人对此颇有微词,最终美奈子一家只能选择搬家。

家庭中的性教育

这两起婴儿遗弃案件中,加害者的家庭都具有一定的社会地位,而且家教也非常严格。作为加害者的女性在兄弟姐妹中受到冷落,在家庭中没有立足之地。在学校和职场中,她们同样遭到孤立,唯一能够依赖的只有"男性"。

此外,在未婚女性因流产手术而很快被传言影响的地区,缺乏对这些女性提供支援的机构,相应的支援机制也非常脆弱。

社交网络是获取大量信息和结交朋友的便利工具,对不擅长面对面交流的人来说,它提供了一个非常舒适的空间。

与此同时,在社交网络上被骗财骗色的案件也在逐年增加。有些家长因为担心此类案件的发生,会单方面地限制孩子使用社交网络,但这样做实际上并不能降低风险。

　　这两起案件中的家庭有一个共同点，就是严格禁止谈论与性有关的话题。或许很多人都觉得在家庭中很难谈论与性爱和怀孕有关的话题。

　　以前，生理卫生课的相关内容仅向女性开放，但近年来，男性也开始一同接受这方面的教育。无论男女，都应该掌握性行为、避孕、怀孕和生产等知识，这逐渐成为社会的广泛共识。在当今社会，年轻人接触与性相关的信息，以及与异性交往的机会大大增加，但许多家庭对性相关的教育仍然极度缺乏，甚至持否定态度。

　　我认为，增加相应的支援窗口，并对男性进行性启蒙教育，能够有效预防类似案件的发生。

无处可逃的家

第六章

七十六岁
前高官刺死儿子
引发的思考

父母应该杀掉危害社会的子女吗？

因于二〇一九年六月一日在位于东京都的家中将长子（当时四十四岁）杀害而犯下杀人罪的农林水产省前事务次官熊泽英昭，被东京地方法院判处有期徒刑六年。被告对此判决不服并提出上诉，二〇二一年二月二日，东京高级法院驳回上诉，维持原判。

在上诉审判中，辩方提出被告属于正当防卫，应该被判无罪，但这一主张遭到法庭驳回，最终维持有期徒刑六年的判决。

精英官员杀害孩子的案件很容易引发公众的关注，但本案的内情颠覆了人们对犯罪者及其家庭成员的想象，可以说是一个非常具有代表性的案件。

在家庭中长期遭受家暴的被告获得了社会的广泛同情。在一审中，法庭收到了超过一千六百封要求从轻判决的请愿信。

二〇一九年五月二十八日，川崎市登户发生了一起街头伤人案件，嫌疑人是一名长期依赖父母的无业游民。有观点认为，熊泽之所以犯下杀人罪，可能是因为看到这一新闻后，担心自己的儿子也会犯下类似的罪行，因此采取了极端手段。

甚至有声音认为，熊泽的行为阻止了未来可能发生的犯罪事件，应该受到表扬。在日本，曾经有专门针对杀害父母罪行的"尊属杀人规定"，犯罪嫌疑人最高可以被判处无期徒刑或死刑（该规定于一九九五年日本刑法改革后被删除），但对父母杀害子女的判决却一直都很宽松，甚至有判决缓刑的案例。因此，我对本案的判决结果一直十分关注。最终，熊泽放弃上诉，接受了六年的有期徒刑。

在谴责杀人犯的父母时，经常能看到类似"身为父母，应该在孩子犯下罪行之前解决掉他"这样的言论。然而，我个人并不同意这种认为父母应该负责杀害无法自立的孩子的观点。社会应该关注的是被孩子的问题所困扰的父母的受害者身份，并考虑如何在孩子成为加害者之前及时伸出援手。

"杀了儿子之后我就自杀……我不止一次想过这件事。"

小山美智子（化名，七十岁）曾经遭受儿子的家庭暴力长达二十年，她也是同情熊泽的人之一。

小山的丈夫是一名医生，在当地十分有名，因此她的长子从小就被称为"医生的儿子"，这让长子感到很大的压力。小山也希望儿子长大后能够成为一名医生。

长子的学习成绩并不理想，大学也未能考上。每次考试失利后，他都会把自己关在房间里，过着与世隔绝的生活。

小山为了让意志消沉的儿子找到生活目标，曾多次邀请名牌大学的学生来家里做客。然而，母亲的擅自行动却让儿子感到非常生气，甚至开始对母亲又打又骂。

儿子的暴力行为逐渐升级，甚至在夜晚也会大吵大闹。小山被迫与儿子一样过上了昼夜颠倒的生活，母子两人逐渐被社会孤立。

因为丈夫忙于工作，所以没有人倾听小山的烦恼。

"我们家在经济上比较富裕，所以即使向周围的人诉苦，他们也不太把我的话当回事。而且，为了顾及丈夫的面子，有些话我也说不出口。"

内心压力无法被理解的儿子同样感到困扰。由于长期找不到工作,甚至连朋友们也渐渐疏远了他。起初,朋友们还羡慕他无忧无虑的生活,但由于没有人理解他的烦恼,他最终将自己的内心封闭了起来。

有一天,儿子因为狗叫的声音太大而对着邻居家破口大骂。

儿子不仅对母亲非常暴躁,对周围的声音也十分敏感,稍有不慎就会爆发。怒火未能平息的儿子甚至拿起菜刀向邻居家走去。小山急忙追上儿子进行阻拦,在争抢菜刀的过程中,菜刀刺入了小山的腹部。

小山从医院醒来后,才从丈夫口中得知,当她昏倒在地时,儿子已经自杀身亡。

"那时候,即便我成功地将菜刀从儿子手中抢下来,我恐怕也会杀了他。因为在那一刻,除了'死',我想不到其他任何办法。"

对成为加害者家属的恐惧

熊泽和他的妻子长期遭受儿子的暴力虐待，但他们从未向有关部门或支援团体寻求帮助。显然，他们应该寻求帮助，但当前日本社会缺乏完善的求助机制，这也是显而易见的。

在日本，无论多大年纪的孩子犯罪，家长都必须向社会道歉。父母的社会地位越高，遭受的批评可能就越严厉。由于要承担巨大的责任，他们倾向于隐藏问题。

熊泽因遭受暴力虐待，精神和肉体都备受折磨，难以做出正确的判断。而必须考虑自己社会地位的熊泽，也害怕儿子会惹出事端，使自己成为加害者家属。与儿子的暴力虐待相比，或许社会压力才是驱使他走上犯罪道路的主要原因。

我对熊泽的遭遇深表同情，但对社会上认为父母应该承担起责任、将有问题的孩子杀害的主张却不能苟同。

我们需要的不是一个逼迫父母杀害孩子的社会，而是一个能够为亲子关系提供支援的社会。

补充阅读

农林水产省前事务次官长子刺杀事件

二〇一九年六月一日，日本警方接到一个特殊的报警电话。报警人是日本农林水产省的前事务次官、日本驻捷克大使熊泽英昭。很难想象，一位副部级的官员，竟然会做出杀害自己亲儿子这样残忍的事情。

他的儿子熊泽英一郎，长期在家啃老、殴打父母、逼死妹妹，甚至扬言要杀掉自己的父母。熊泽英昭杀死儿子，实在是不得已而为之，他只是不想再看着儿子危害社会罢了。熊泽英一郎被诊断出患有严重的"阿斯伯格综合征"，这是精神类疾病的一种，其症状为社恐、高度自我中心化、缺乏同理心等。

六月一日，因为附近学校举办运动会，熊泽英一郎打开窗户，对着小学生们破口大骂。"再吵，信不信我把你们全杀了！"两人因此发生争吵，熊泽英一郎挥拳向父亲打来，熊泽英昭不闪不避，拿起水果刀，对着儿子胸口就是一刀。看到儿子没了呼吸，熊泽英昭这才淡定地打电话报警自首。"除了杀死他,我想不出可以拯救他的方法!"

十二月十六日,"熊泽英昭刺子案"做出一审判决,判处熊泽英昭六年有期徒刑。

无处可逃的家

第七章

残留下来的家族的人生

除了第三章介绍的案例中加害者及其家属受到支援的情况,也有被周围人孤立、没有人愿意支援的加害者家族。

两者之间的区别究竟是什么呢?接下来让我们看一个难以提供支援的案例吧。

哥哥杀害了父亲

居住在东京都的坂口惠（化名，五十岁），由于拥有复杂的家庭背景，也过着孤独的人生。她的父亲是黑帮成员，母亲曾经做过女招待。父母虽然过着光鲜亮丽的生活，但忽视了对子女的教育，从小就让她和哥哥自力更生。

由于父母之间，以及父母与哥哥之间经常发生争吵，对惠来说，家人聚集在一起的时刻只会让她感到恐惧。惠只能拼命压抑自己的情绪，等待他们争吵结束。

惠和哥哥在高中毕业后都离开家庭独立生活。惠在学校成绩优异，顺利找到了正式员工的工作，但哥哥一直没能找到合适的工作。

哥哥结婚生子之后，总是因为经济困难来找惠借钱。惠为了避免引发问题，每次都拿出钱来接济哥哥。

如果与他人亲近起来，就很难避免谈及家庭的话题。

惠不愿让别人了解自己的家庭情况，因此从不主动结交朋友。

就在惠过着孤独但平静的生活时，一起案件突然发生。父亲和哥哥因继承问题大吵一架，哥哥用刀刺向父亲。父亲当场死亡，哥哥则被逮捕。

"我早晚杀了你。"

哥哥每次与父亲争吵时，总是控制不住自己厌恶的情绪，说出这样的话。惠也隐隐约约地感觉到这一天迟早会到来。

由于案件发生在家庭内部，加上惠独自生活，因此她没有受到新闻媒体的过多打扰。虽然媒体对案件的报道规模不大，但自从惠得知消息后，她有一段时间都不敢看电视和报纸。甚至听到警车和救护车的警笛声时，她都会不由自主地捂住耳朵。她也不敢接电话，难以重新融入社会，工作也很难再继续下去。

当时，惠的母亲已经是八十岁的高龄，经常需要住院治疗。在丈夫去世、儿子被捕入狱之后，独自一人的母亲只能依靠惠来照顾。被迫辞掉工作来照顾母亲的惠，与社会的联系也越发少了。

哥哥的死亡与母亲的护理

哥哥被捕入狱后过了几年,惠突然从嫂子那里得知哥哥在狱中去世的消息。对于哥哥的英年早逝,惠虽然感到震惊,但内心深处也不禁松了一口气。

哥哥是因为经济问题走投无路而去找父亲求助,遭到父亲的拒绝后将其杀害的。

惠已经辞去了工作,不再像以前那样有稳定的收入。嫂子没有经济能力,如果哥哥出狱后再遇到经济困难,惠可能也会陷入困境。惠心中一直对未来有隐隐的不安,如今听到哥哥的死讯,她反而感到轻松了不少。

但在哥哥去世后,本来就不太和睦的母女关系变得更加紧张。母亲总是哀叹儿子的英年早逝。

"为什么死的是他不是你?"

母亲甚至因为过于悲痛而对惠说出这么绝情的话。

母亲只是身体有些虚弱,但意识十分清醒,所以火暴的脾气和过去一样，一点没变。

"没生过孩子的你，根本无法理解我的心情。你根本不算是女人。"

对惠来说，母亲一直是她的反面教材。由于父亲经常不在家，母亲总是偷偷将男人带到家里，惠甚至被其中一个男人侵犯过。然而，当她将这件事告诉母亲时，却被母亲狠狠地打了一巴掌，并责备她"看看你干的好事"，同时威胁她绝对不许把这些事情告诉父亲。

母亲的话语激起了惠的痛苦回忆，她曾多次产生过杀害母亲的念头。然而，母亲毕竟是她在这个世界上最后的血亲，所以她始终无法付诸行动。然而，在推着轮椅带母亲外出散步时，她也曾多次产生两人一起跳进地铁轨道的冲动。

就在这个时候，惠找到我所在的团体进行咨询。考虑到她哥哥引发的案件，以及她与母亲之间恶劣的关系，我们认为对她提供支援是非常必要的。

惠的母亲的身体状况每况愈下，在家里生活越发不便，于是我建议她将母亲送到养老机构。毕竟母亲和惠的关系逐渐恶化，如果继续这样下去，恐怕还会发生意外事件。

但还没等惠将母亲送到养老机构，她母亲的身体状况就突然恶化，入院治疗一个月后在医院去世。

支援的极限

惠在母亲去世后便孤身一人。许多支援者努力尝试帮助她,但因为她古怪的脾气,最终一个接一个地离开了她。

"她总是自顾自地说一些炫耀的话。她说自己的男朋友是医生,但我觉得这都是她的幻想。她常常说谎,还提出无理的要求,我实在是受不了……"

女性支援者都比较敏感,最终都因为难以忍受而离开。男性支援者也不愿意与她有过多的接触。

虽然我一直坚持为她提供支援,但由于我需要同时兼顾许多客户,所以能够分配给她的时间相对有限。我原以为她会理解这一点,但事实证明,这只是我的一厢情愿。

如果我不能给她提供令她感到满意的反馈,她就会立即去找其他的支援窗口或者工作人员投诉,声称自己

"受到了冷遇和歧视"。

虽然她的经济状况非常困窘，但她一直拒绝接受低保救济。她不断复述过去的奢华生活，例如"爸爸开着进口豪车接我""我是高级餐厅的常客"等。然而，没有人知道她所说的是真是假。

虽然她靠打工维持生活，但随着年龄的增长，显然不能一直这样下去。尽管支援者试图说服她申请低保，她却坚持提出诸如"我要出版自传以靠版税生活"或者"正在相亲"等不切实际的计划，坚决不肯申请。

惠的心理医生认为，她可能患有边缘型人格障碍。造成这种症状的原因可能与她的家庭环境有关。家庭本应是一个人最能感到安全和安心的地方，而家人则是最早建立信任关系的对象。

但对惠来说，她的童年一直在一个被暴力笼罩的家庭环境中度过，她在完全没有建立起信任关系的情况下就长大成人了。心理医生指出，她的被害妄想症导致她对他人的正常言行也会做出过激的反应。当支援者因为迫不得已的情况而离开时，她也会感到自己遭到了背叛，自己的人格遭到了否定，并对他人采取攻击性的态度。

我认为她之所以说谎，应该是为了逃避难以忍受的现实。

二〇二一年年初，我收到了惠去世的消息。据说她很有可能是自杀。没有工作、没有家人，生活越加困苦，为了逃避这过于残酷的现实，她的妄想就越发严重。在去世之前，惠依靠救济金独自生活，但这肯定不是她的本意。

虽然对独居老人、单亲妈妈、照顾老人的人等进行支援的体系越发完善，但对像惠这样独自生活的无业女性进行帮助仍然十分困难。

惠曾经多次与男人发生纠纷，但这也是她渴望与人交流的证明，这说明她对生活仍有渴望。如果连这些都没有，那么她的状况可能会急速恶化。我未能一直陪伴在她身边提供支援，这让我感到非常后悔。

如何防止社会的孤立

很多人在成为加害者家属之后,害怕自己也会被剥夺市民权,认为自己的行动会经常受到监视,并像犯罪者一样遭到他人的蔑视。这些恐惧、紧张和屈辱的感觉会使人产生防御反应,有些人可能会通过说谎和过度表现自己来进行自我保护。

但没有人愿意和这样的人待在一起,所以他们身边的人会越来越少。他们将此误解为他人对自己的偏见,因此只能孤独地度过一生。

惠出生在一个充满虐待的家庭中。由于她的父亲是黑社会成员,在案件发生之前,她的人际关系就已经很不稳定了。杀人案的发生进一步加剧了她的被孤立和对社会的不信任。

年轻时,惠自力更生,凭借自己的力量摆脱了原来的家庭环境。因此,她的自尊心很强,几乎不信任他人,也不愿接受帮助。遗憾的是，她的这种坚强反而容易导致她与周围的人发生冲突，进而加剧了她孤立无援的状态。

加害者家属较强的自尊心，也可以理解为自卑感的外在表现。尤其是在残酷家庭环境中成长起来的孩子，心理难免会产生扭曲。一个人经历的痛苦越多，为了保护自己而产生的敌对心理就越强。

如果能够在更早的阶段向他们传达"很辛苦吧""不是你的错"等积极的信息，或许就能在一定程度上缓解他们的敌对心理。由于日本社会对加害者家族施加的舆论压力非常大，所以越是有问题的家庭，越是拼命地把自己的家庭伪装成普通的家庭。但这样做反而会加剧家庭与社会之间的隔阂，更难以获得周围的人的支援。

如果能够在公司或学校中公开自己加害者家属的身份，将更容易获得支援。在加害者家属彻底关闭心扉之前对其提供帮助，是今后社会亟待解决的重大课题。

无处可逃的家

第八章

兄弟间杀人

长子杀害次子

"赶紧回家!"

一九六六年,当时还是高中生的神泽纯(化名)在学校接到了父亲打来的电话。从父亲的语气来看,显然是发生了重大事件。但类似的事情在神泽家并不是第一次发生。因此,神泽纯只是心想"又来了",便离开了学校。

快到家门口的时候,他就看到自家门前停着警车和救护车,心中顿时产生一种不祥的预感。紧接着,他看到警察将哥哥毅(化名)带上了警车。原来,大哥将二哥登(化名)杀害了。

如果是出生在普通家庭的人,看到眼前的这种场面一定会感到非常绝望吧。但对纯来说,这却是他梦寐以求的时刻。两个哥哥都消失了——他终于自由了。这场悲剧让纯从监狱般的家庭中解脱出来。

根据父亲的描述，毅和登在公司的经营方针上难以达成一致，两人一直处于对立状态。案件发生当天，两人再次发生激烈的争吵，毅用刀刺向登的腹部，登因失血过多当场死亡。登的妻子目睹这一幕后，带着女儿从五楼跳下，母女二人当场身亡。

突然之间连续死了三个人，虽然是加害者家族，周围的人还是对神泽家深表同情。但对纯来说，这起案件并没有让他失去任何东西。

与大哥疏远的关系

纯是在日韩国人的后代,出生于神奈川县,成长于东京都。大哥毅比他大十几岁,母亲在生下纯之后身体一直不好。在纯的记忆中,母亲住院的时间比在家里的时间更长。纯上小学的时候,母亲就去世了。父亲没过多久就与现在的继母再婚。二哥登是继母带来的孩子。

虽然父亲现在经营着一家非常大的公司,但公司的发展历程却异常艰难曲折。曾经,父亲因难以偿还债务而决定带全家连夜出逃,但没有打算带上当时还在读小学的纯,而是将纯寄养在教会。幸运的是,一对没有孩子的外国夫妇愿意领养纯,因此纯一直到初中毕业都在这对外国夫妇的家中生活。

对于被家人抛弃这件事,纯一开始受到了很大的打击。但收养他的外国夫妇非常善良,为他创造了一个自由的生活和学习环境。

纯的家中有书房，那对外国夫妇特意为纯买了许多书籍和一个望远镜。在这对外国夫妇的教育下，纯不仅掌握了英语，还学习了绘画和钢琴。

在纯初中毕业时，亲生父亲的公司终于步入正轨。由于收养纯的外国夫妇年事已高，加上亲生父亲希望他回归家庭，于是纯便回到了家中。

但回归后的家庭犹如地狱一般。控制整个家的是纯的大哥毅。毅从纯小时候起就不喜欢纯。

"如果没有生你的话，我们家就不会变成这样了！"

毅曾经在母亲的遗体前一边哭一边对纯破口大骂。

父亲对身为长子的毅十分严格。如果毅不能达到父亲的要求，就会遭到父亲的责罚。但这也说明在兄弟三人之中，父亲对毅的期待最高，纯甚至对此感到有些羡慕。

在年幼时，与其说是父亲的儿子，纯更像是父亲的孙子，所以很受宠溺。

据说纯在外国夫妇的家中生活时，神泽家的生活十分贫困，很多时候连饭都吃不上。在纯出生之前，神泽家就非常贫穷，身为长子的毅也不得不帮助父母一起支撑家庭生计。

而纯在家庭遭遇变故时被一个富裕的家庭收养，可以说从未过过苦日子。与身材矮小瘦弱的毅相比，纯的身材非常高大壮实。

孤独的青春期

到了青春期的时候，开始有女生对纯表示出好感，但他在学校仍然没有朋友。虽然并没有遭受孤立和霸凌，但他因为不愿让别人知道自己复杂的家庭状况，从不主动结交朋友。

纯经常以身体不适为借口躲到保健室，其实目的是与保健室的美女老师见面。保健老师是纯在学校中唯一的交流对象和朋友。

大哥毅虽然是初中学历，但小学其实也没正式上过几天。大哥没做过的事情，弟弟也不能做，这是神泽家的规矩。所以，虽然纯很想上学，但对自己的升学并不抱希望。

不过，由于那时父亲的公司步入正轨，家里的经济状况开始好转，因此让纯上高中似乎也没什么问题。

而之前收养纯的外国夫妇在纯回归家庭时，似乎也拜托纯的父亲让纯继续上学。

在几乎没有进行任何复习的情况下，纯成功考上了一所较好的高中。然而，上了高中后，他仍然没能交到朋友。每次回到家中，面对父母和两个哥哥，他越发不愿让其他人了解自己内心的想法。他固执地认为，没有人能够理解他，也没有人与他拥有同样的烦恼。

在高中，他唯一的交流对象只有一位女教师。他只向女教师提起过自己家庭的烦恼。

在神泽家，翻开书本学习是被绝对禁止的事情。因为只要哥哥们看到书本，就会立刻将其撕成碎片。无论是毅还是登，都把纯视作眼中钉，辱骂纯是家常便饭，有时毅和登甚至以"莫须有"的理由对纯施加暴力。

家中唯一会保护纯的只有继母。继母在家中的权力仅次于父亲，就连毅也不敢违抗她。

然而，继母很快就对进入青春期后迅速成长的纯表现出异常的关心。凌晨时分，结束夜场工作的继母总会来到纯的房间。混合着酒气、烟草和香水的浓烈气味常常让纯忍不住想要呕吐，但为了摆脱哥哥的暴力，他只能忍耐。而继母总是会给他许多零花钱。

无法在家学习的纯只能向女教师借用教室，利用早晨上课前和晚上放学后的时间学习。午休时，他也会和女教师一起分享她做的便当，并顺便请女教师指导自己的作业。放长假的时候，纯会到女教师的家中，从早晨一直学习到晚上。两人的关系也逐渐向恋人的方向发展。

在与女教师的交往过程中，纯也逐渐明确了自己的梦想。他希望能够拯救那些遭遇不公的人，致力消除社会上的贫富差距，甚至考虑投身社会活动。他的教师女友学生时期曾经在美国留学，参加过许多慈善活动和社会运动。

在养父母家中生活时，纯每周都会去教会，但回到自己家之后就再也没去过了。在教师女友的建议下，他又恢复了去教会的习惯。

来自哥哥的警告

纯心中充满烦恼。越是与他的教师女友交流,他想要上大学的愿望就越强烈。然而,对他来说,能上高中已经是个奇迹,家人根本不可能同意他上大学。尽管在教师女友的帮助下,他的学习成绩一直名列前茅,但他对自己的未来仍充满不安,感觉看不到希望。

有一天,纯没有吃晚饭就回到家。当然,家里并没有给他留饭,于是纯想去厨房看看有没有什么可以吃的。就在这时,毅的妻子绿(化名)走了进来,给纯做了一顿饭。纯感受到了母亲在世时家庭的温馨,无论是肚子还是心理都非常满足。

这件事的后续却一发不可收拾。

吃完饭后,纯和绿两个人在厨房聊天时,绿的表情突然变得非常僵硬。原来是继母怒气冲冲地出现了。

"你在干什么?! 赶紧给我滚出去!"

继母立即将绿赶了出去,但是让纯留下来陪自己喝酒。

"要是让毅看到你们在这里,你们会被杀掉的。你是个乖孩子,所以要听我的话。"

继母就像变了个人一样,一边温柔地抚摸着纯的脸颊,一边反复告诉他不要再和绿接触。

"啊——"

第二天一早,纯被一声女性的惨叫惊醒。打开房间的门后,只见毅抓着满脸是血、浑身赤裸的绿的头发站在门前。

"你昨天傍晚和这家伙做了吧?"

纯因为恐惧一句话也说不出来,只能拼命地不停摇头。

"要是做了就承认。"

纯继续摇头。毅则开始用推子剃掉绿的头发。

"求你了,不要!"

毅不顾绿的哭喊,坚持将她的头发剃光。纯关上房门,拼命地捂住耳朵,身体蜷缩成一团。一直专注于学业的纯通过这件事意识到了一个事实:如果违逆哥哥,自己也会落得和绿一样的下场。这就是生在神泽家的宿命。如果他表示想要上大学，恐怕结局会比这更惨。

　　于是纯放弃了上大学的念头，为了能离开这个家而开始找工作。

事件另有真相

虽然纯放弃了上大学的念头,但他仍然非常认真地学习。一想到今后或许再也没有这样的学习机会,他就更加珍惜这段时光。教师女友也告诉他,慈善活动和社会活动并不要求学历,并且十分支持他去实现自己的梦想。

但纯想要上大学的愿望,以一种十分讽刺的形式实现了,因为大哥毅将二哥登杀害了。这起案件对纯来说,简直就像一个奇迹。

"毅最少也会被判五年吧,趁这个时候去吧。"

继母同意让纯上大学,但父亲说如果纯只考上三流大学就不会支付学费。纯拼命学习,最终考上了一所名牌大学。

纯感到十分兴奋。或许在他人眼中,他的表现有些不谨慎,但他和已故的二哥登甚至一句话都没说过。因此，他没有丝毫悲伤的情感。

关于兄弟间杀人的原因，新闻媒体的报道是"围绕公司经营产生对立"，毅对警察和律师似乎也是这样陈述的。

但神泽家的人都知道，毅所说的"犯罪动机"只不过是表面的原因罢了。如果深入探究真相，普通人根本无法想象神泽家竟然存在如此阴暗的问题。

绿知道事件的全部真相。

毅和绿虽然结婚多年，但一直没有孩子。去医院检查后发现，问题出在毅身上。毅从小体弱多病，由于家境贫寒，未能及时接受治疗。成年后，他身材矮小、体质较差，也没有学历优势。更糟糕的是，他没有生育能力。可以说，毅是自卑感的化身，这也是导致他性格扭曲的主要原因。

二哥登虽然有孩子，但只有一个女儿。父亲曾经说过，如果登有儿子，就让登的儿子作为毅之后的继承者。对继母来说，这是求之不得的结果。果然，登夫妇不负众望地生下了一个儿子。

自从有了儿子，登对毅的态度也开始变得傲慢起来，这让毅的心情变得更加焦躁。毅对有了儿子的登恨之入骨。绿也开始觉得，毅将登杀害只是时间问题。

案发当天，毅与登再次发生了争吵。以往，登从不会与毅顶嘴，但这一天却毫不退让。当毅忍不住动手打登时，身材更为高大的登也奋起反击。登仿佛要为之前的忍耐复仇一般，对毅毫不留情地殴打。

处于劣势的毅拿出菜刀向登刺去。

登浑身是血地倒在地上，他的妻子急忙跑了过来。

"就说是你刺的，我会照顾你们的生活。"

毅将沾满鲜血的菜刀递给登的妻子。

"只需要进去几年就行了，拿着。"

说着，他将菜刀塞进登的妻子的手里。登的妻子因为恐惧而浑身颤抖，不停地摇头，然后带着女儿一起从窗户跳了下去。

纯担心毅会将罪名嫁祸给登的妻子，但由于警方迅速赶到现场，毅的阴谋未能得逞。

逃离哥哥后开始的崭新人生

尽管毅被判刑并被关押,但他收养了登的儿子。毅终于实现了拥有一个儿子的心愿。

纯在上大学之后,终于过上了"普通"的生活,并成功地交到了朋友。在大学里,没有人去打听他人的家庭背景,大家都是通过共同的兴趣爱好成为朋友的。对纯来说,大学生活是前所未有的幸福时光。

但快乐的时光总是转瞬即逝,毅即将出狱。纯虽然希望继续攻读研究生,毕业后成为一名学者,但如果毅出狱,这一切可能都将化为泡影。

毅在监狱服刑期间,命令绿和养子不得与纯有任何接触。同时,他还利用绿和继母来监视纯的行动。

纯曾经想要离开家独立生活,但遭到了继母的拒绝。由于还需要依靠家里支付学费,纯只能听从继母的安排。继母辞去了夜场的工作,在家里的时间增多了,也经常去大学找纯一起吃饭。每次看到继母像恋人一样的态度，纯都会感到非常羞耻。

终于，毅出狱的日子确定了。纯也从大学毕业，并开始攻读研究生。毅出狱的时间比预想中更早，而家人一直没有将纯上大学的事情告诉毅。当毅得知纯的情况后，勃然大怒。为了逃避毅的怒火，纯不得不临时决定去美国留学。

纯的朋友并不了解神泽家的情况。大多数留学生都很贫困，而因为纯有家中的经济支持，所以周围的人都很羡慕他。然而，纯并没有将自己的烦恼告诉任何人，只是独自默默地承受着。

留学期间的生活非常快乐。然而，当偶尔想到未来时，纯就会立刻被不安笼罩。现在的一切似乎只是按下了暂停键，而当暂停结束之后，该何去何从呢？纯感觉自己没有未来。

一天，纯忽然接到继母打来的电话，希望他能够回国。毅已经刑满释放，并且和以前一样回到父亲经营的公司上班。

继母说，毅对养子非常宠爱，毅似乎和之前判若两人。而且，他希望和纯商量一下今后的问题。于是，纯立刻赶了回来。

纯在和毅重逢的一瞬间有些紧张,但正如继母所说,毅的表情柔和了许多,对已经上小学的养子也非常慈祥。一段时间没见,绿的模样也发生了一些变化。

绿以前就对纯有好感,纯也察觉到了这一点。但纯并不想回应绿的感情,尽管他对绿温柔的态度心怀感激,却同时感到困扰。而敏感的毅对绿的心思不可能毫无察觉。虽然绿曾经遭受过毅的家庭暴力,但纯却无法同情她。据绿所说,毅认为纯夺走了他的母亲、继母、绿等所有对他很重要的女性,因此对纯充满嫉恨。

而绿收养登的儿子成为母亲之后,将所有的爱都倾注在养子身上,与毅之间的关系似乎也缓和了不少。

毅带着平静的表情听纯讲述了上大学和去美国留学的事情。纯又回忆起母亲在世时,与温柔的毅一家四口一起生活的情景。

第二天,毅说想和纯单独聊聊。

"我杀了人,这确实是极其错误的行为。我从心底感到深深的后悔,你能理解吗?"

纯点了点头。

"即使不杀人,也有很多方法可以把人赶走……话说回来，我觉得你非常碍事，希望你能从我眼前消失。"

纯感到背后传来一阵寒意。

"我还要在那边（美国）待一段时间……"

"我一次也没出过国。我们说好了吧，我没有的东西你也不能用，我没做过的事情你也不能做。我坐牢的时候，你却去上了大学！"

纯眼睁睁地看着毅的脸上又恢复到了案件发生前的表情。果然毅并没有改变。

"你离开这个地方，到远处的乡下生活。"

毅说完立刻将继母叫了过来。

如果没有继母提供的生活费，纯在美国的留学生活也将无法继续。纯不得不再次踏上流浪之路。

被赶出东京

回国后,纯决定在京都生活。他在当地的一所大学继续攻读研究生课程,一边上学,一边从事翻译的兼职工作,同时还参与志愿者活动。在此过程中,他结识了一位比自己年长的专业女翻译,两人开始交往。

这位女翻译经济独立,对结婚也没有要求。但纯认为,与女性交往的前提就是以结婚为目的,所以既然对方不愿结婚,他便没有与对方继续深入交往。这位女翻译也是纯第一次以平等关系交往的对象。

这位女翻译认识很多有能力的人,为了帮助纯经济独立,给他介绍了许多工作。

纯按照继母的要求,每两个月要回一次东京,陪继母一起吃饭。由于工作已经步入正轨,自己能够自食其力,因此纯告诉继母以后不用再给他生活费了。但继母似乎并不打算听他的。

回到京都后不久，女翻译就来找纯，说有重要的事情要说。两人见面后，纯发现对方脸上露出了他从未见过的惊恐的表情。

"昨天，你母亲来找我了。"

纯顿时脸色苍白。

"你从没提到过你哥哥的事……"

纯确实没有提到过与案件有关的详细信息。

"我也不知道你原来是在日韩国人。还以为你是个娇生惯养的公子哥……"

纯哑口无言。

"她说如果我和你继续交往下去，就会成为你哥哥的目标……"

女翻译哭了起来。

"一定是骗人的吧？怎么办？"

女翻译泪眼婆娑地望向纯。纯本打算告诉她不要害怕，那样的事情不会发生，但他自己对此根本没有把握。

"对不起……"

纯只能选择和对方分手。

因为在京都打工的地方和大学里有许多与翻译女友相识的人，所以在与女友分手后，纯感觉周围人对自己的态度也一下子改变了许多。在工作中连续遭到几次拒绝后,纯与继母取得了联系,告诉她自己已经与女友分手并离开了京都。

随后,纯迁居到了北海道。他认为神泽家的人都很怕冷,继母也不会经常来这么远的地方。

他在当地的一所英语学校找到了一份工作,教授基础英语会话。同时,他也教学校的外籍教师同事滑雪,并在休息日进行冬季运动。此时,纯已经放弃自己的梦想和目标。虽然他曾经考虑过自己想要成为什么样的人,但每当事情要走上正轨时,他的家人就会出现,把一切破坏殆尽。

他回忆起自己离开东京时哥哥所说的话:

"你和我不一样,你不仅长得帅,学历也高,但就是运气差了点。给我记住,如果你敢露出哪怕一点风头,我一定会把它毁掉。"

但如果选择在乡下过平凡的生活,就不会有人来打扰。因此,他干脆放弃了努力的念头。

名为教育的光

在北海道过着平静生活时,纯的朋友邀请他去当志愿者,与那些因为家庭问题而无法与家长一起生活的孩子一同去仙台参加滑雪冬令营。起初,纯对做志愿者并不感兴趣,但因为他从未去过东北地区,便想着就当是一次免费的旅行,于是答应了下来。

作为讲师参加冬令营的工作人员,基本都是平时经常和孩子们打交道的人,只有纯不擅长和孩子们交流。不仅如此,据说参加这次冬令营的孩子在学校里大多是问题儿童。他们不主动交朋友,孤独地度过了自己的青春时代,但也没有误入歧途走上犯罪道路。究竟会遇到什么样的孩子呢?纯的心中也产生了一些久违的期待。

大家在东京集合时,来的孩子大多显得非常成熟稳重。虽然他们都是小学到初中的孩子,但没有人聚在一起嬉戏打闹,全都各自读书或玩游戏机。看样子,他们平时也习惯独处。当看到这些孩子时,纯不由得回想起自己孤独的童年时代。

不知道父母是谁的孩子、亲人被捕入狱的孩子、因为遭受父母虐待而无法与父母继续生活在一起的孩子,这些孩子的家庭状况和纯一样非常复杂。

冬令营的第一天,是孩子们与工作人员相互交流的时间。其中有一个环节是工作人员询问孩子们的梦想是什么。

"成为歌手。"

"成为新娘。"

"有一个属于自己的店铺。"

"赚钱去夏威夷度假。"

孩子们积极地说出自己梦想的样子让纯感到十分惊讶。

"大家都不要放弃,朝着目标不断地努力吧。"

其中一位工作人员用这样一句话作为收场致辞,纯却对这句话感到非常愤怒。

"别再说这些伪善的漂亮话了。就凭那些孩子的家庭环境,他们根本不可能实现梦想,甚至连普通人的生活都很难达到。"

"现在或许是这样,但他们未必一辈子都是这样。还是有能够从逆境中爬起来的人的。"

"那只是极少数运气好的人罢了。只要努力就会有希望,这完全是不负责任的言论。因为我知道什么是绝望。"

看到纯如此愤怒,对方也感到有些惊讶,但很快就恢复了平静:

"我非常理解你的心情。"

纯听到之后正想反驳,对方又接着说道:

"我的父亲在监狱服刑……母亲自杀了。我在婚姻和工作上也失败过好几次。"

这令人意外的发言让纯哑口无言。

"我人生最后的愿望,就是从事教育工作。我希望能够通过教育让孩子们改变这个社会。为了实现这个愿望,我一直坚持参与活动,贡献我微薄的力量。"

这个时候,纯也想起了高中时代一直照顾自己的那位女教师。那时的自己也希望能够投身改变社会的活动。然而,由于无论做什么都要看家人的脸色,他最终还是失去了长远的目标。不过,"教育"这个词,仍然让纯感到了一丝希望。

与少年 A 的相遇

在仙台的夏令营活动中,孩子们虽然会与工作人员交流,但孩子们之间的关系却一直显得很冷淡。不仅如此,孩子们之间甚至还有一种剑拔弩张的氛围,似乎在互相威胁和恐吓。由于生活在复杂家庭环境中的孩子不容易接纳他人,尤其是同龄人,他们的相处显得尤为困难。

打破这种冷冰冰的僵局的是当地中学的志愿者少年 A。少年 A 很快融入了孩子们之中,与他们打成一片,孩子们的脸上也开始露出与年龄相符的笑容。

纯甚至开始考虑,如果能够在仙台找到工作,就搬到这里来住。纯的朋友在仙台经营着一家英语对话班,少年 A 也来这里上课。少年 A 对能说一口流利英语的纯十分崇拜,据说为了再次见到纯,少年 A 特意请求工作人员带自己来。有一天,少年 A 对纯这样说道:

"老师，我希望您能教我一些东西……"

"哪方面的？"

"社会学习。学校学不到的那些……"

此时的纯感觉少年 A 虽然是个奇怪的孩子，但也挺有趣的。

"撒谎的人，不受人欢迎吧"。

一天，少年 A 与孩子们展开了讨论。

"但我们所有人都撒谎啊。"

其中一名参加者这样说道，周围的人全都跟着点了点头。

"为什么不能撒谎呢？"

"因为如果撒谎的话，会失去他人的信任。"

少年 A 理所当然地表达了自己正义的观点。由此看来，少年 A 是一个在正常环境中成长起来的孩子。

"但要是说了真话，反而会更加失去信任吧。"一名参加者表情落寞地这样说道。

"为什么？"

"难道说我的父母都是罪犯，我是在监狱里出生的吗？这样的话，不管我说什么都不会有人相信吧，所以我才撒谎。"

少年A备受打击,似乎不知道应该说什么。

纯曾经也不断地撒谎。但他撒谎并不是为了欺骗他人。生活在如同地狱的家庭中,纯如果说出真话便会遭到拒绝,因此他只能用谎言来保护自己。如果在他小时候也能有一个与拥有共同烦恼的人交流的场所,那该有多好啊。

"我好像说了非常过分的话。"

少年A似乎非常懊悔。无论是对少年A来说,还是对其他参与者来说,任何让生活在完全不同的环境中的人相互理解的机会都非常重要。

虽然时间很短,但少年A通过与孩子们进行交流,还是取得了很大的成长。

纯在冬令营结束之后仍然与少年A保持着联系。少年A喜欢写作文,他把自己写有读后感和社会问题评论的笔记寄给了纯,希望纯能看看。纯在读完少年A的笔记之后,不由得想起了那个在高中时尚未放弃希望的自己。

儿子的自杀

纯有一个儿子。这个孩子是他在北海道期间与一位女性交往时生的。由于这位女性不想与神泽家有任何联系,所以她并不愿意与纯结婚。在得知自己怀孕后,她立刻与另一名男性订婚。据说,这名男性承诺会把腹中的孩子视如己出,就像对待亲生孩子一样。出于对孩子未来的考虑,纯没有反对这样的安排。

纯尽量避免与儿子有交集,只是从前女友那里得知儿子一切顺利。他认为自己不直接出现在儿子面前对儿子更好。但如果儿子有需要,他也会竭尽全力为儿子提供帮助。

纯的儿子到了上高中的年纪时,和父母一起搬家去了东北地区。孩子的父亲(养父)是当地的名人,母亲(前女友)在生下长子后,又生了两个儿子,因此纯的儿子是兄弟三人中的大哥。

纯的儿子在高中之前一直表现得很出色,但中考的失利让他备受打击,从此变得闭门不出。接到前女友的电话后,纯立即以家庭教师的身份与儿子进行了接触。因为儿子没有可以倾诉的朋友,纯又拜托少年A来和儿子进行交流。

儿子将自己从未对家人说过的烦恼全都告诉了少年A。父亲劝没有考上高中的儿子去国外留学。如果能够顺利从国外的大学毕业,也是一个很好的结果。虽然这是一个在外人看来非常令人羡慕的提议,但儿子却被父亲的这个提议深深地伤害了。

与两个弟弟相比,儿子感觉自己并没有得到父亲的爱。尤其是在高考失败之后,他认为自己给父亲丢了脸,曾经有好几次想要自杀。

父亲似乎也不愿意儿子一直待在家里。因为在那个小地方,"他们家的大儿子为什么一直待在家里"之类的流言很快就会传遍整个区域。父亲对世人的目光非常敏感,不允许儿子总是闭门不出。然而,即便如此,儿子仍然没有去国外留学的打算。

纯曾经为了逃避哥哥而出国留学。起初确实有许多不适应的地方,但他也积累了非常宝贵的经验。因此,他以家庭教师的身份劝说儿子，与其躲在乡下闭门不出，不如勇敢地走出国门看看。

父亲希望尽快把儿子送出去。已经成为儿子朋友的少年A建议，因为儿子还没做好准备，最好不要操之过急，但迫不及待的父亲擅自安排好了一切。

出发当天，到了出门的时间，儿子仍然没有从房间里出来。母亲破门而入，发现儿子已经上吊身亡。

对纯来说，这是他人生中最难过的事情。

被家族夺走的人生

绿突然来到纯位于北海道的家中。之前一直由继母定期支付的生活费，现在似乎由绿负责。而负责监视纯的人也从继母变成了绿。

据绿所说，父亲的身体状况急转直下，可能需要准备后事了。而即将继任社长的毅，则成了一个非常了不起的人物，曾经蹲过监狱的经历也完全没有人再提起。如今的绿看上去也颇具社长夫人的风范。

毅考虑在父亲去世后让纯也回到公司帮忙。对现在的毅来说，纯不再是曾经让他感到自卑的对象。年近四十的纯，没有固定工作，只能依靠家族的经济支援生活，能帮助纯的只有家人。总有一天要让弟弟跪在自己面前，这就是毅的复仇。而现在纯的状况，完全如同毅的预料。

不知道父亲还能坚持多久。纯将回家之前剩余的时间全都用在对少年 A 的教育上。

然而,本以为坚持不了几个月的父亲竟然奇迹般地恢复了,纯搬到仙台之后又过了三年。

在这段时间里,纯像高中时代的女教师对他做的那样,帮助少年 A 解决烦恼和问题,两人经常一起吃饭。在作为志愿者为有交流障碍的孩子们提供支援时,他也经常带少年 A 一起去。

纯也逐渐向少年 A 坦白了自己的过去,同时也告诉少年 A,那个自杀的学生其实是自己的亲生儿子。少年 A 在当时的年龄,或许还无法理解如此沉重的往事,但在社会中肯定也有因为同样烦恼而被孤立的人。纯相信,总有一天,自己的经验会对少年 A 有所帮助,这也是纯存在的意义。

名为金钱的麻醉剂

我在参加各种社会活动,以及为加害者家族提供支援的过程中,有一个人深深地影响了我。这个人就是在我的拙作《儿子杀了人——加害者家族的真相》中提到的K先生,也是本章中提到的神泽纯。

"少年A"就是我。纯在写给朋友的信中用"少年A"称呼我。这件事发生在使"少年A"被世人所熟知的神户市须磨区未成年杀人事件的五年前。也是从这个时期开始,我意识到了社会存在的问题并采取了行动。

纯告诉我的关于家族的话题过于沉重,以至于我至今都记忆犹新。

但我一直无法理解,纯的家族究竟是如何将他逼到如此绝境,因此一直没有把他的故事写进书中。

在撰写本书的过程中,我在整理各种案件并分析其原因时,终于将零散的线索拼凑到了一起。少数派家族、父亲与长子的绝对优势地位、源于自卑感的杀意等等，我终于发现了隐藏其中的真相。

在听纯讲述他的过去时，我认为神泽家的人都是恶魔。杀害弟弟、逼迫弟妹自杀的毅，简直是毫无人性的恶鬼。然而，纯从未说过家人的坏话。无论遭受多么残酷的对待，他始终认为错误不在于家人，而在于社会。

毅从小因为矮小的身材和不出众的外貌而备受欺凌，再加上出身贫困家庭和在日韩国人的身份，毅更是饱受歧视。即便后来在社会上取得成功，仍因为无法生育而遭人轻视。尽管毅将自己的怒火全部发泄在纯的身上，纯仍然理解哥哥的心情，即便从哥哥身边逃离，也从未责怪哥哥。这种情感恰恰是家族间案件中最难处理的地方，绝非简单地建议"报警"或者"断绝关系"就能解决的问题。

纯接受过良好的教育，看起来完全不像是在一个自相残杀的家庭中成长起来的人。不知道是幸运还是不幸，纯从未在经济上遇到过问题，但这也成了他的弱点。家人的经济援助就像麻醉剂，让他只能依赖家人，无法掌控自己的人生。

虽然他曾经有多次机会可以拒绝家人的经济援助，

自力更生，但最终都因为无法摆脱家人的追踪而失败。如果他能够结识更多值得信赖的朋友，或许能够从家庭的束缚中挣脱出来。

但纯是一个在日韩国人，由于曾经受到歧视，纯对社会充满了不信任。即便家庭如同地狱，他也无法信任周围的人，最终只能选择回归家庭。

贫困家庭或许更容易得到世人的同情，富裕的家庭反而更加不幸。

纯虽然对家人说会回东京帮忙处理公司的业务，但却对我表示他打算离开日本。因为去了国外之后再想见面就很困难，所以在最后的一个月里，他带着我去了很多地方，我们度过了一段非常有意义的时光。纯最后对我说的一句话是："我已经把想要传达的都传达给你了，我的人生无悔。"

当时我年纪尚小，对于纯所说的去国外深信不疑，但长大后回忆起来，或许他的意思是要离开这个世界。至于真相究竟是什么，现在已经无从得知。

无处可逃的家

第九章

家人为什么自相残杀

近亲憎恶与正常化偏见

我认为,世人对于"家族"这个词,有过度肯定甚至美化的倾向。

事实上,家人了解你不为外人所知的弱点,一旦家人反目成仇,会让人感到更加恐惧。家族间的杀人事件,正是因为对亲密对象放松警惕导致的。至于近亲憎恶的产生,我认为是因为相互之间的距离过近,双方更难以接受彼此的差异和分歧,从而导致近亲憎恶。此外,人们对家人往往产生"既然是家人就应该理解我"之类的期待,一旦期待落空,便会产生强烈的负面情绪。

接连发生的家族间杀人案件,都说明了即便有血缘关系,即便有法律上的约束,家人和自己仍然是不同的个体。

当家族之间出现问题时,大多数人总是乐观地认为家人之间一定会互相理解,结果却导致事态进一步恶化。

事实上，正因为是家人，所以更需要保持适当的距离。

很多人认为家庭是最安全的地方。但正是由于这种"正常化偏见"，使得家人更难以察觉其他家人的不当行为。

恐怕很少有人会逐一确认家人的行为是否属于家庭暴力。许多发生在家庭内的暴力和性虐待都被忽视了。有些问题只有家人才能发现，而有些问题正因为是家人才难以被发现。

即便发现问题，仍有不少家庭选择回避问题，或是将大事化小、小事化了。然而，当家庭内部发生问题时，正确的做法并不是视而不见，而是应该寻求第三方的支援来解决问题。

看不见的孤立

"家族的痛苦与贫富无关。"

上一章中提到过的神泽纯，经常这样对我说。许多加害者家族在当地都很有名气，或者拥有很高的社会地位。农林水产省前事务次官的长子刺杀事件可以说就是此类案件的代表。金钱和人脉在应对家庭问题时不一定能够发挥有效作用。因为当你一帆风顺时，别人都会主动靠拢过来，但当你出现问题时，别人则会瞬间四散而去。

甚至可以说，拥有金钱和权力更容易引发纷争，结果导致社会地位一落千丈，这样的例子也屡见不鲜。因此，支援不能仅面向那些本就"一无所有"的人，对于那些本来拥有却失去一切的人也需要适时地提供帮助。

能够自力更生的人，往往不愿意依赖他人，也不愿意展现自己软弱的一面，因此即便遇到问题也会选择忍耐。尤其是名人，家庭是否和睦幸福对他们的声誉有很大的影响，所以他们更不愿曝光自己的家庭问题。即便当地有咨询窗口和支援组织，只要当事人不愿意将自己的问题暴露出来，他们就不会主动寻求帮助。

不愿依赖他人，并盲目自信地认为自己能够解决所有问题，也是导致家族间杀戮的原因之一。

孩子犯罪意味着社会性死亡

在日本，对加害者家族的批判，尤其集中在犯罪者的父母身上。即便犯罪的子女已经四五十岁，但作为犯罪者的父母，仍然会被追究责任，必须向社会和公众谢罪。

身为父母，必须一生承担养育责任，这也使得扭曲的亲子关系变得更加复杂。不出门的孩子因为没有工作，生活费全靠父母接济。也就是说，父母的援助反而妨碍了孩子的自立。

父母之所以不能断绝经济支援，是因为一旦孩子在外面惹出事端，作为家人的他们也要承担责任。因此，他们希望在家庭内部解决这些问题。有些孩子看穿了父母的这一弱点，因此一直赖在家里。

为了不给他人添麻烦，有时人们会选择牺牲家人的利益。认为家庭问题应该在家庭内部解决，这种思想也是导致亲子之间无法断绝依赖关系的主要原因。

在日本，一旦孩子犯了罪，就意味着家长的社会性死亡，甚至有不少家长在发生这样的事情后选择自杀。此外，也有一些家长会做出类似农林水产省前事务次官那样的极端选择。

父母的责任是让孩子具备在社会上独立生活的能力。与其对孩子过度干涉，不如积极利用支援团体和家族咨询窗口等组织，帮助孩子尽早适应社会生活，实现自力更生。

无 处 可 逃 的 家

第十章

家族与社会的责任

过度强调"家族责任论"的日本

在欧美国家，有许多为加害者家族提供支援的团体，但在日本只有三个。支援团体稀少的原因，部分在于国家对这些支援团体没有任何财政支持，更主要的是日本将"加害者"和"家族"混为一谈的倾向非常严重，对支援者的态度也非常恶劣。

美国将加害者家族称为"Hidden Victim（隐性受害者）"或"Forgotten Victim（被遗忘的受害者）"，并将其视为受害的一方。

此外，只有那些认为犯罪者与其家人是不同个体的国家，才会让犯罪者独自承担责任。即使孩子犯了罪，父母也不会被追究任何社会责任。

虽然每个国家或多或少都会对加害者的家族进行批判和抱有偏见，但通常不会发展到加害者家族丧失社会地位或日常生活被影响的程度。

例如，美国经常发生枪击案件。当枪击案件的犯罪者是未成年人时，犯罪者的父母会实名出镜接受采访并回答问题。然而，即使是造成了许多死伤的案件，犯罪者的家属也不会因此被迫搬家或更换工作，也不会遭到驱逐。

因为造成枪击案的原因是美国的社会问题，只追究家庭的问题显然是不对的。

此外，人种差异和经济差距也是导致犯罪的原因，市民对此有共同的认知。

也就是说，在美国市民看来，犯罪并不是一个家庭问题，而是一个社会问题。刑满释放的罪犯和加害者家属都可以作为改变社会的一员，发出自己的声音并开展相应的活动。

在日本，人们普遍认为犯罪者属于少数派，这种认知根深蒂固。相比于将犯罪视为社会问题，人们更倾向于追究个人责任和家庭责任。

如果加害者的家属主动发声或开展活动，很容易遭到社会舆论的谴责，对日常生活造成负面影响。因此，加害者的家属往往在面对问题时选择沉默和回避。

社会扭曲价值观的影响

二〇一八年，居住在滋贺县的一名三十一岁的女性因不堪母亲的管束，将母亲杀害并分尸抛弃。这起案件作为一起教育虐待导致的弑亲案件，引发了社会的广泛关注。该女性因母亲不允许她从事医生以外的职业，连续九年报考医学院，但均未成功。

教育虐待指的是强迫孩子过度学习的行为。虽然绝大多数的案件中，孩子为了摆脱虐待而伤害父母，但也有例外，例如二〇一六年发生的名古屋小学六年级学生受虐致死事件。在这一案件中，父亲强迫儿子参加中学考试并将其虐待致死。案件发生的原因在于父亲过于看重学历。

过于看重学历的价值观曾经在整个社会蔓延，毫无疑问，父母采取的过度行为是导致案件发生的主要原因，但这并不意味着发生案件的家庭是特殊的。

在生长在重视学历的社会环境中的一代人中，有些父母认为让孩子拥有理想的学历是父母应尽的责任，因此强迫孩子学习。在那个时代，社会上甚至没有"教育虐待"的概念。

为孩子的学习提供支援本不是坏事，但如果操作不当，反而可能导致孩子的学习能力下降。结果，家长的管理可能进一步升级，从而形成恶性循环。

为了从这些案件中吸取教训，作为家长，应该重新审视自己是否过于看重学历，并调整自己的教育方式。

男尊女卑的弊端

导致婴儿遗弃事件和母亲杀害孩子后自杀事件发生的原因之一是社会缺乏对女性的支援。事实证明,增设面向未成年人怀孕的咨询窗口,以及面向单亲妈妈的心理咨询窗口,并为女性受害者提供救济,能够有效减少类似事件的发生。

另一方面,男性所面临的问题和遭受的侵害往往难以被社会察觉。前文提到的千叶县四年级小学生被虐致死案件中,除了妻子生病和与女儿长期分居,父亲还必须独自照顾幼儿。适当地减轻父亲的负担,对于预防此类案件的发生具有重要意义。岩手县孕妇被杀抛尸事件、宫崎家族三人被杀事件等都是男性成为家庭暴力受害者的例子,而为这些男性提供帮助的渠道却非常稀少,这也是当前的现实状况。

现在,许多地区仍然根深蒂固地认为男性处于优势地位。如果有男性表示"我被妻子辱骂了，感觉很受伤"，常常会遭到周围人的冷嘲热讽。

案件发生之后，一定会有人指责说："为什么事前不找人咨询一下呢？"但现在的社会环境确实非常不利于男性弱势群体发声。

受害者与加害者并不是由性别决定的。无论男性还是女性成为受害者或加害者，都需要建立完善的咨询机制，以有效减少案件的发生。

千叶县四年级小学生被虐致死案件中的栗原心爱，以及东京都目黑区女童被虐致死案件中的船户结爱，这两个女孩都非常可爱。新闻媒体反复播放两个可爱女孩的照片，并与残忍的加害者照片进行对比，同时强调"对这么可爱的孩子，竟然能做出这样的事情"。

虽然新闻媒体在这两起案件发生的第一时间赶到现场并进行了特别报道，但虐待案件时有发生，是否每起案件都能像这两起案件一样得到关注和查证呢？对此，我表示怀疑。

"心爱"与"结爱"成了虐待案件受害者的象征，但与关注受害者的容貌相比，更值得我们注意的是虐待案件发生的背景和原因。

在男尊女卑较为严重的地区，对男性的虐待也值得关注。在"男孩子要坚强""男孩子不能哭"等传统观念的影响下，受害者往往难以发声寻求帮助。如果能够在早期发现问题并进行干预，也许就不会发展到成为案件的程度。

如果社会对暴力等行为更加敏感，就能有效地阻止加害案件的发生。

加害者家族的孩子的未来

在父母自相残杀且加害者需要长期服刑的情况下,如果没有其他监护人,孩子就不得不在儿童保护机构中生活。

有些孩子在案件发生时年纪还非常小,可能对案件没有任何记忆。那么,孩子们究竟会在什么时候、通过怎样的方式得知事情的真相呢?

很多国家的加害者家族支援团体非常重视对加害者家族中孩子的支援。因为保护孩子不受社会歧视和贫困的影响,能够有效地防止犯罪的代际传递。但这一切的前提是,孩子有权了解自己的身世,监护人也必须如实告知孩子事情的经过。

但在日本,许多家庭似乎会对孩子谎称他们的父母"因病去世"或"出国了"。根据"监狱法"(二〇〇七年废除,现在称为与刑事收容设施及被收容者待遇相关的法律），曾认为让孩子去监狱会影响其教育，因此曾有一段时间禁止十四岁以下的孩子探监。

尽管法律进行了修改，但现在仍然有许多日本人认为，不能如实告知孩子他们的家长被逮捕的事实。

很多国家的支援团体为了让加害者家族的孩子能够理解"逮捕"和"服刑"的意义，甚至专门制作了相关的绘本与其他类型的教材。此外，许多国家专门设立了"儿童热线"，让得知事实真相后感到震惊的孩子们可以进行咨询，创造出让加害者家族的孩子也能得到支援的社会环境。

这些社会性的支援体系，使得监护人更容易向孩子坦白事实，同时也保障了孩子的知情权。

日本尚未形成完善的育儿支援体系。监护人如果想向孩子坦白真相，需要承受很大的心理压力，因此这也在一定程度上影响了他们的决策。

父母是罪犯这一事实，多多少少会对孩子造成影响，因此社会需要为这些孩子提供相应的支援。

在互联网信息爆炸的当今时代，我认为一味地隐瞒事实并不能解决问题。

在被他人揭露事情的真相之前，由身边的人告知真相是很有必要的。要实现这一点，必须创造一个让更多人理解和接受加害者家族的成熟社会。

补充阅读

三十一岁女子弑母事件

二〇一八年三月十日，日本滋贺县守山市的一处河边，发现了被遗弃的尸块，死者为女性。五天后，死者身份确认，是家住守山市的家庭主妇，五十八岁的桐生忍。

三个月后，嫌疑人桐生希被警方逮捕。桐生希，三十一岁，死者的亲生女儿。

桐生希因母亲不允许她从事医生以外的职业，连续九年报考医学院，但均未成功。为了母亲的梦想，桐生希努力了九年，失败了九年，也痛苦了九年。

二〇一四年，母亲以成为助产师为条件，同意了桐生希报考滋贺医科大学的护理专业。幸运的是，这次桐生希终于考上了！

而在大学期间，桐生希渐渐找到了自己想要的人生方向，她发现，比起成为一名医师，她更适合成为一名护士。

二〇一七年，在大四快毕业时，桐生希被医科大学附属医院顺利录取，职业正是她梦寐以求的护士。结果却遭到了母亲的严词拒绝："即使考不上助产师，你也不能做护士！"

事发当日，桐生希因又未能通过助产师资格考试与母亲发生争吵，两人争执过程中，桐生希的手机被母亲用石头砸毁，并被母亲骂了一夜"骗子、叛徒"。

最终，她忍无可忍，将母亲杀死，并在网上发文称："我打倒了怪物，这样算是安心了。"

名古屋六年级小学生被杀事件

二〇一六年八月，名古屋市一位爸爸，在逼迫儿子学习时恼羞成怒，用菜刀刺伤儿子，导致小学六年级的儿子失血过多死亡。

这位爸爸在儿子小时候也很爱他，但是从小学三年级开始就让儿子上升初中的补习班，之后就经常打骂儿子。其中一个重要原因就是，爸爸希望儿子考上自己曾经上过的重点初中。面对爸爸的暴力升级，母亲去劝的时候会被骂"没有上过补习班进入重点中学的人没有资格说三道四"。

无处可逃的家

第十一章

防止家族间杀人

抗风险能力低的家族的脆弱性

受新型冠状病毒疫情长期化的影响,虐待和家庭暴力等问题越发严重。旨在提高女性地位的联合国机构 UN Women[①]警告称,由于外出限制,全球范围内的家庭暴力案件急剧增加,有必要通过电话热线和社交网络等方式提供充足的咨询窗口,并通过警察和司法部门采取适当的应对措施。

二〇二〇年四月七日,日本出现了一起因新型冠状病毒疫情影响引发的家庭暴力致人死亡的案件。居住在东京都的一名工薪族男性因对妻子施暴而被逮捕,被送往医院的妻子抢救无效后死亡。新闻报道了该名男子的供述,男子称新型冠状病毒疫情导致收入减少,当被妻子嫌弃收入低时,他勃然大怒。

---

① 联合国妇女署。

据说，原本关系紧张的家庭，如果长时间相处，会更容易引发暴力问题。为了避免此类事件发生，民间支援团体，以及政府设立的家庭暴力咨询窗口等都十分重要。

人们与家庭联系越紧密，与社会之间的联系就越薄弱，因此在遇到问题时往往不知道应该向谁寻求帮助。

这不仅是个人的问题，"遇到问题，首先寻求家人帮助"的观念在整个社会中根深蒂固，人们很少想到社会援助这一途径。

为了避免家庭成为一个封闭的空间，人们必须与社会保持联系。人们不要仅仅尝试在家庭内部解决问题，而应充分利用专业机构等的资源。此外，应有意识地控制对家人的过分言行与要求。与家人保持适当的距离，这将极大地降低出现问题的风险。

新型冠状病毒疫情导致生活习惯发生变化，也是重新审视家庭生活的良机。请观察家庭中是否有人在勉强自己，是否有人在牺牲自己。

家族的多样性是预防案件发生的关键

许多家族间杀人案的发生,都是没能挣脱"家庭就应该这样才行"的束缚导致的。

如果能够不在意世人的眼光,并尽快做出离婚或分居的决定,或许就不会引发家族间杀人的悲剧。

每次发生家族间的杀人案件,社会舆论都会感叹日本传统家庭的崩溃。然而,实际上家族间的杀人案件自古以来就一直存在,而如今反而呈现出逐年减少的趋势。家庭暴力也是自古以来延续下来的行为,只不过过去没有被揭露出来罢了。人们普遍认为家庭成员之间应该关系和睦,家庭是最安全的地方,这种对家庭的幻想,以及社会舆论的伦理观掩盖了家庭中存在的问题。

正如我在前文中提到的那样,家庭暴力的加害者,并不是被关进监狱就能够改过自新的。在监狱里的生活主要以劳动改造为主,而不是让他们反思自己的罪行。

因此，当他们再次回归家庭时，很有可能再次重复加害的行为。他们需要的是离开家庭，过一种独立的生活。

在许多地区，"拥有家庭才算成功"的观念根深蒂固，这给男性带来了巨大的压力。尤其是在终身雇佣制逐渐瓦解的当今社会，缺乏稳定居所的人越来越多，处于弱势地位的群体越发渴望通过家庭来保证自己拥有立足之地。

如果生活在一种女性即使独身一人也能安心生育孩子的社会环境中，母子自杀和婴儿遗弃的案件将会明显减少。然而，如果周围很少有这样的单亲家庭，女性决定成为单亲妈妈必然需要极大的勇气。

我认为，如果个人从家庭中独立出来，成为独立的个体，家族形态也从传统形态向单亲家庭、事实婚姻、同性伴侣等多元化方向发展，那么这将有助于个体摆脱无根据的自卑感，避免家族间惨剧的发生。

重新构筑联系

不知何时才能结束的闭门不出和家庭暴力等问题,难道只能通过牺牲家庭成员来解决吗?

在提供支援的过程中,我接触过许多战胜一触即发的危机后重新回归平稳生活的家庭。那些克服困难的家庭与发生杀人案件的家庭之间,究竟存在怎样的差异呢?我认为关键在于是否有能够倾诉烦恼的人。

导致家族间杀人事件发生的原因,主要是封闭的家庭被社会孤立。若能将家庭开放并融入社会,便能有效防止此类事件的发生。要实现这一目标,问题不应被隐藏在家庭中,而应与社会共享。然而,在强调家庭责任和个人责任的风潮下,社会尚未达到应有的理解水平,这也是一个无奈的事实。

要想不被孤立,应该与社会保持怎样的联系呢?

我曾经主办过加害者家族的经验交流会,各地也同样有"孩子闭门不出家族交流会"和"依赖症患者家族交流会"等以问题共享为目的的交流会。参加者仅限于相关当事人,从而很好地保护了个人隐私。

社会上类似这样共享烦恼的交流会越多,越有可能预防家族间悲剧的发生。

也有不少人同时参加许多交流会,在倾听其他参与者的经历时,发现了自己家族中未曾意识到的问题。

像这样不断地"意识"到问题,可以促使自身发生改变,与家族之间的交流也能朝着更好的方向发展。

不过,家庭中长期积累下来的问题,不可能一口气全部解决,改变也需要时间。

可能有人会说,这么紧急的问题,哪有时间慢慢等待?如果要花费这么多时间,万一拖到案件发生,一切不都晚了吗?然而,让志愿者与当事人通过相处建立信赖关系,是提供帮助和保护生命不可或缺的过程。

将自己的家丑告诉外人,需要巨大的勇气。而当事人好不容易鼓起勇气去倾诉和寻求帮助时,如果没有得到具体的建议和支援,只会感到羞耻,并因此心生不满,从而进一步加深与社会的隔阂。

发生家族间杀人案件,是因为人们更在意世人的眼光和自己的面子，而忽视了家人的生命，这才导致了悲剧的发生。

不独自一人承担家庭问题，而是寻求外界的帮助，是解决问题的关键。感到羞耻的经历也会使人成长。我个人认为，解决问题还意味着从在意世俗眼光的心理中解脱出来。

为什么要对案件进行查证

与可能将不特定的人卷入其中的无差别杀人案件相比,受害者仅限于家庭成员的家族间杀人案件很难引起公众的关注。新闻媒体的报道往往缺乏对案件背景的深入调查,结果仅是煽动社会的不安。

除了一少部分的特例,新闻媒体对绝大多数家族间杀人案件的关注度都非常低。

新闻媒体关注度的差异主要受案件风险大小的影响。毕竟,只要受害者限定在家庭之内,就会使其他人产生一种事不关己的感觉。

但发生家族间杀人案的家庭,家庭关系并非从一开始就非常恶劣。一般都是由许多小事积累起来,最终发展成案件。

也就是说,家族间杀人可能发生在任何家庭,与每个人都是息息相关的。

纵观全球，每个国家都存在犯罪行为。尽管与其他国家相比，日本的犯罪率较低，但未来仍可能发生案件。每个人都有可能成为受害者，也可能成为加害者或加害者的家属，这是一个不容忽视的事实。

我们生活在一个充满风险的社会之中，希望大家都能够清醒地认识到这一点。

后记

二〇二〇年暴发的新型冠状病毒，给我们的生活造成了极大的影响。日本的新型冠状病毒感染者，除了要面对病毒的侵扰，还要承受来自社会舆论的压力。

一旦确认感染，感染者的个人信息往往会通过互联网被广泛传播。有员工感染的企业也被迫道歉，许多感染者甚至因为诽谤而不得不搬家。这种情况简直与"加害者家族"如出一辙。

二〇二一年一月二十二日，一则关于一名感染新型冠状病毒并在家中休养的三十岁女性自杀身亡的新闻引发了广泛关注。据悉，这名女性的女儿也感染了新型冠状病毒。她因担心女儿在学校会受到孤立，还曾与丈夫商讨对策。在她留下的遗书中，充满了对给周围人添麻烦的悔恨之情。

感染者对周围的人抱有的"罪恶感"，类似于因自身过失给他人造成损失,或是餐饮店主在出现食物中毒事件时的心情。然而,对于过失犯罪,即使并非故意为之,也需要承担一定的法律责任,而新型冠状病毒感染者,即便故意传染他人,也不需承担法律责任。尽管如此,许多感染者仍感受到对周围人的道义责任,这主要是由社会的同调压力导致的。

感染者及其家人之所以会被负罪感折磨,主要是因为从小就被灌输了"不能给他人添麻烦"的集体价值观。这种价值观使他们认为不应该接受他人的关照。

二〇二一年一月十日,《朝日新闻》发布了关于新型冠状病毒疫情的调查结果,其中有百分之六十七的人表示"与健康相比,更担心他人的看法"。这里所说的"他人",指的是自己所属的社交团体,比如企业、学校、朋友圈等。

对居住在人口稀少地区的人来说,他们所在的地区可能就是他们的整个世界。一旦感染病毒,就可能给周围的人带来麻烦,散播不安的种子,并可能因此被所在的社交团体排斥。

尽管新型冠状病毒疫情是全球范围的问题,但在小团体中仍可能对感染者产生歧视。无论世界如何,如果被身边的人歧视,仍会感到非常痛苦。

关键在于，不要将一个交流团体的评价视为绝对的真理。如果自己所属的团体太少，遭到排斥可能会非常致命。因此，大家应尽可能参与多个交流团体，从而尽量减轻与社会同步的压力，使自己的人生更加轻松。

家庭出现问题时也是如此。如果人们曾经遭到过周围人的拒绝，就会害怕再次与人交流。但越是在这种时候，大家越应该鼓起勇气，将目光投向与自己当前所处环境不同的社会和世界。届时，你一定能够找到与自己拥有相同烦恼的人，以及能够为你提供帮助的人。

本书中的内容，主要由"二〇一九年度辉瑞项目——与身心健康相关的市民活动·市民研究支援"赞助的"构筑为中坚世代加害者家族提供支援的模式"，"二〇二〇年度赤羽根福利基金助成"赞助的"防止加害者家族被社会孤立的全国志愿网络构筑事业"等活动内容组成。在此，向所有相关人士致以最诚挚的谢意。

同时，也向为相关团体提供支援的工作人员、会员、专家们，以及编辑四本恭子致以最真诚的感谢。

阿部恭子

作者简介

阿部恭子

NPO 法人 World Open Heart 理事长。

东北大学研究生院法学研究科博士课程肄业（法学硕士）。

二〇〇八年，在研究生院读书期间，为了调查和研究日本社会的歧视与自杀问题，成立了"World Open Heart"。

以宫城县仙台市为根据地，面向全国的加害者家族，开展提供咨询和支援等直接的支援与心理疏导活动。

著有《儿子杀了人——加害者家族的真相》《为加害者家族提供支援——被支援遗漏的人们》等。